心土

梁水长

著

暨南大学出版社
JINAN UNIVERSITY PRESS

中国·广州

图书在版编目（CIP）数据

心土 / 梁水长著. —广州：暨南大学出版社，2019.10
ISBN 978 - 7 - 5668 - 2739 - 5

Ⅰ. ①心…　Ⅱ. ①梁…　Ⅲ. ①诗集—中国—当代　Ⅳ. ①I227

中国版本图书馆 CIP 数据核字（2019）第 215426 号

心土
XINTU
著　者：梁水长

···

出 版 人：徐义雄
策划编辑：黄志波　杜小陆
责任编辑：梁念慈
责任校对：黄晓佳
责任印制：汤慧君　周一丹

出版发行：暨南大学出版社（510630）
电　　话：总编室（8620）85221601
　　　　　营销部（8620）85225284　85228291　85228292（邮购）
传　　真：（8620）85221583（办公室）　85223774（营销部）
网　　址：http://www.jnupress.com
排　　版：广州尚文数码科技有限公司
印　　刷：广州市穗彩印务有限公司
开　　本：787mm×960mm　1/16
印　　张：17.75
字　　数：282 千
版　　次：2019 年 10 月第 1 版
印　　次：2019 年 10 月第 1 次
定　　价：69.80 元

（暨大版图书如有印装质量问题，请与出版社总编室联系调换）

自序

　　我的诗凝聚了我的心血，能结集出版，实属不易，深感荣幸。

　　本诗集所录拙作，都是 2000 年以后所得。每一首诗都是依仗一个真实的故事或一件心事去抒写的，有我生存时代的影子，有我故乡的风景，更有我挥之不去的乡愁——是她昼夜灌溉我的心土，使其萌芽，生根，抽穗，扬花，结实。为此我感到满满的自在和幸福。

　　故乡的阳光雨露始终沐浴着我的心，让我感受到生命的激情，土地上一年四季的变幻生长，让我领悟落笔处不可拘泥于诗行的形式，每得自然韵味，自感天籁之音于内心回响，吟哦间欣然命笔。如没有爽快感，去之无痕，万字不惜。

　　拿捏汉字为新诗，温暖心灵才耕耘。是为序，有点腼腆。

2019 年 8 月 23 日于石湾

目 录

自序 ｜1

B

把岁月过成自己喜欢的日子 ｜1

白鹤故事 ｜3

半径与命运 ｜4

别过那些没有根据的生活 ｜5

别刻意耕耘 也不急于收获 ｜6

别埋怨自己 你已经够优秀了 ｜8

别让人懂你才去生活 ｜9

剥开壳，让种子拥有春天 ｜10

捕鸟者说 ｜11

不起眼 ｜12

不要抛弃自己 ｜13

不要让别人向你看齐 ｜14

C

晨悟 ｜15

晨曦 ｜17

趁未老的时候赶紧年轻 ｜19

城市不是所有梦想的家园 ｜20

诚心 ｜21

重阳 ｜22

初夏的故事 ｜23

穿越 ｜24

船 ｜26

春 ｜28

春雷传说 ｜29

春天的诗行 ｜31

春天来了 我在花园里

　　等你 ｜32

春天里 ｜ 33

春天，我听到花开的声音 ｜ 34

错对是翅膀 ｜ 35

D

大海与脚印 ｜ 36

待在你的群里我可以一言不发 ｜ 37

代沟 ｜ 38

带着阳光出发 风景接踵而来 ｜ 40

当回忆成为诗篇 ｜ 41

当秋天成为你的心情 ｜ 42

颠沛流离的心 ｜ 43

钓 ｜ 45

蝶儿，最懂花开 ｜ 46

丁酉年春节 ｜ 47

冬天来了 ｜ 48

冬天印象 ｜ 49

冬韵 ｜ 50

冬至 ｜ 51

都市浪漫之抵押命运 ｜ 52

读现代诗和写现代诗 ｜ 54

F

风景留言 ｜ 55

风景这边独好 ｜ 56

风因前方而豪迈 ｜ 57

风雨是对大地的劝勉 ｜ 58

G

孤独 ｜ 60

甘蔗故事 ｜ 61

给内心留出空间栽好自己的

风景 ｜ 63

耕耘苦难花园 ｜ 65

构筑内心的梯田 ｜ 66

骨伤科病房感悟 ｜ 67

鼓舞 ｜ 68

谷坠 ｜ 69

关心 ｜ 70

逛野 ｜ 71

果实的风景 ｜ 72

果实是对花开的铭记 ｜ 73

H

还是那片土地 ｜ 74

寒冬数九 ｜ 75

何为可为 ｜ 76

河问 ｜ 78

和朝阳一起等车 ｜ 80

红尘路 ｜ 82

花的成长 ｜ 84

花开冬天长精神 ｜ 85

还原 ｜ 86

回味一生的谜 ｜ 87

心土

活得很累　是因为没有发现
　　自己 | 88

活着，是不争而拥有 | 89

活着，要成为一缕阳光 | 90

火焰 | 91

J

家乡的月牙 | 92

假如你是那片大海　同样也要刮
　　台风 | 93

江山 | 95

荆棘花 | 96

经历了冬天 | 97

晶莹剔透一颗心 | 98

境界 | 99

静心是最美的风景线 | 100

酒 | 101

K

开往春天的列车 | 102

快乐的初始 | 103

L

立春 | 104

恋土 | 105

另一条路 | 106

流水不等闲人 | 108

路 | 109

落叶 | 110

旅途是脚印的重叠 | 111

绿肥红瘦 | 112

M

麻雀 | 113

没有什么比旭日初升更美 | 114

美丽与幸福的感悟 | 115

每年春天都是自己的童年 | 116

迷茫是一道风景 | 118

明静的心 | 119

N

那年高考 | 120

那一晚 | 122

那一夜你带给了我诗的早晨 | 123

南方，亚热带丛林的风 | 124

你若安静便是风景 | 127

你有阳光 | 128

鸟的故事 | 129

暖心 | 131

O

偶感 | 132

P

攀比 | 133

朋友 | 134

朋友，请让脚步慢下来 | 136

平凡 | 138

瀑布 | 139

Q

桥 | 141

秋 | 143

秋岸 | 144

R

让岁月萌发天真 | 145

人 | 147

人生 | 148

人世悟 | 149

人总有伤痛　就像原野的
　　花朵 | 150

日月去还留 | 151

日月与人 | 152

日子是什么 | 153

如果精彩 | 155

若期待　便有春天属于你 | 156

若是花开　未必惊艳 | 157

若仰望　你就是那颗闪亮
　　的星 | 158

S

三人行 | 159

晒 | 160

山水分明无意境 | 161

山语 | 162

深夜听雨 | 163

生活让我充满期待 | 165

生活 | 166

生活给了我很多 | 167

生活最美在他乡 | 169

失落 | 170

诗美不只有花香 | 171

诗是赤子 | 172

诗是我生命的主角 | 173

诗意栖居 | 175

诗，原来是夜的倒影 | 176

舐犊无言 | 177

世界有你而精彩 | 178

守候 | 179

谁伤河山不心疼 | 181

撕日历 | 182

思之乐 | 184

速生桉与土著林 | 185

T

台风 | 186

态度 | 187

天真 | 188

听说你要绽放，我便来了 | 189

同学 | 190

W

无题 | 192

晚霞蝶舞 | 193

问 | 194

我从远方来 | 195

我的大海模样 | 196

我梦想去火星种地 | 197

我在风里走过 | 199

悟老子问水 | 200

X

星语 | 201

夏日清晨 | 202

夏季的雨 | 203

夏夜梦 | 204

夏雨 | 206

乡村谣 | 207

相约期待 | 208

享受命运 | 210

小满 | 212

小河 | 213

小暑夜雨 | 215

小溪语 | 216

谢我的学生特意为我聚会 | 217

心不明亮天不开 | 219

心船 | 220

心盲 | 222

新年观察 | 223

心田 | 224

心土 | 225

心语总是无题 | 226

心中的歌 | 228

星光 | 230

星光属于黑夜 | 231

寻找 | 233

Y

阳光与春风 | 234

仰望星空 | 235

野葛花 | 236

夜让我读懂你的白天 | 237

夜深灵感 | 238

一道奇妙的风景 | 239

一根藤的魅力 | 240

一颗童心伴一生 | 241

一路花开到我家 | 242

意境 | 243

拥有 | 244

有一个空间 | 245

又是无题 | 246

又是中秋见月圆 | 247

原来 | 249

远方 | 250

远方不远在身旁 ｜ 251

远方在哪 ｜ 252

云不下雨的时候 ｜ 254

云对我说 ｜ 255

Z

自由 ｜ 256

杂念 ｜ 257

早晨，我的太阳 ｜ 258

站在田野才知道农民的
　伟大 ｜ 259

这个春天 ｜ 261

这样的日子怎么过 ｜ 262

珍惜 ｜ 264

纸的那边 ｜ 266

致岁月 ｜ 268

中秋故事 ｜ 269

种子和金子 ｜ 270

竹林听韵 ｜ 271

追求 ｜ 272

自有溪流便有鱼 ｜ 273

最奢华的还是那片山野
　土地 ｜ 274

做一回童话主角 ｜ 275

把岁月过成自己喜欢的日子

时间苍白

不动声息

曾经色彩斑斓

只是人为

天地从不刻意变幻

人却凭许多美梦活着

不屈不挠翻过每一座高山

找借口粉饰天涯

扬帆大海

寻觅归去来兮

苦心孤诣

制造着未来

甚是得意

所谓经纶满腹

最终换取唠叨

怎么也不满自己的过去

泪光摇曳照孤影

白发垂怜

青史空洞

除了皱纹万端

何为得志

晨昏淡淡索然无味

却是熄灭了猖狂火焰

卸包袱踽踽独行

看日月原来平静

才敢忘却辗转反侧

少了牵引

心无风浪

吟哦为诗得意忘形

诵读情怀豁然开朗

到今个

把岁月过成自己喜欢的日子

为何不乐

乐何不为

白鹤故事

田畴回眸
河岸徜徉更是淡定
大树很高
总在大树的高处
江河渊深
欣然流连水边的沙汀
远方很远
同样是故乡
一道远行的便是故知
从来不懂得离乡背井
怎么要回望孤单的身影
飞翔
抑或特行独立
族群里身影
清白　清爽　清高
阳光和风引导着随时中断的旅程
起飞便有同行
终点各自精彩
停下看风景
踽踽独行
形影相吊　乐此不疲
更未曾把脚印当诗行
一生在路上
却不叫征程

半径与命运

咫尺未必一片明光
也不因为遥远而彷徨
成功不找昨天达成愿望
尺子帮不了步伐的忙
更量度不了明天的辉煌
但所有的意义
都是为了看见明天的太阳
无论你憧憬何方
在落脚点舒展你的脚下与远方
没有理由圆心是目的地
周长没有落差
半径决定命运
不要等闲视之
延伸半径的风光

别过那些没有根据的生活

睁开眼睛是一个世界
闭上眼睛同样是那个世界
只是生活让自己的感觉茂盛
甜酸苦辣长出了丰富多彩
总是和昨天的失意过不去
未来就会跟你过不去
常常变换日子的味道
你需要美好的养分
别过那些没有根据的生活
浪漫是内心长久的积累
勇敢飞翔也不能摆脱地心引力
深厚的土地需耕耘
活着本来一无所有
因为梦多脚印也乱
睁开眼睛看见自己走向世界
闭上眼睛看见自己怎样生活
一切就这样精彩

别刻意耕耘　也不急于收获

别刻意耕耘

适时播种就行

你是种子就有机会

总是冲动就误会了激情

生长的鲜花为你簇拥

飞翔的阳光相伴前行

别刻意耕耘

多听鸟儿提醒

万物峥嵘　你不能冬眠

错过便没有土地

流水不等行云呼应

生长属于季节

自然照耀心灵

别刻意耕耘　也不急于收获

春华未必秋实

是你的才是你的

满大地的收成　你拿什么证明

一分耕耘一分收获

常常是睁着眼睛化整为零
别急于收获
风也懂得聆听
更不急于储藏
你所播种的田野到处争鸣
等一切归于平静
不是你的才是你的
果实的归属一定分明

别埋怨自己　你已经够优秀了

到处都是阳光

一切都幸运地生长

无论风雨霜雪

大树小草都在起舞歌唱

每一片绿叶和花瓣

随风播撒着芬芳

这个世界活着就是成长

别埋怨自己

你已经足够优秀

你内心一定有彩虹　有花香

让心怀宽广

一切都和你分享阳光

你的天空如此明亮

你的土地怎能不鸟语花香

随记：埋怨，是人性弱点，要学会分解它，不让这种情绪笼罩自己，它会窒息生命的美好，阻碍自己的成长。无论你的处境如何，无论别人如何看待你，其实你每天都在成长。优秀是一种心态，是自信向上的行为。

别让人懂你才去生活

来到这个世界

没听到掌声

觉悟的雨季噼里啪啦

回味当年春色艳红

情歌鼓励胡思乱想

不明不白是迎面的凉风

谁又见过它的脸孔

竟是日边扬帆

载不动那片蓝那片红

迷惑不是朦胧

装饰自己你才懂

别让人懂你才去生活

翻晒旧梦

岁月依然青葱

剥开壳，让种子拥有春天

春天总在你的家园徘徊

土地已经湿润

阳光暖透一切

你的快乐你的幸福　需要生长

剥开壳　让种子拥有春天

埋藏几千年都要绽放

守着壳怎么会有收获

不见阳光怎么拥有温暖

发芽了才认识天地

别厌恶土地的泥泞或干涸

耕耘才能生长快乐和幸福

别嫉妒周围的茂盛

你尽管一点一点生长

种子吐露那是你的内涵

谁知道日后的森林或草地

剥开壳　让种子拥有春天

捕鸟者说

有种说法

天上四两地上一斤

背朝青天人所食

于是发明和制造了捕鸟者想要的鸟声

隐藏在美丽的林子

隐藏在鸟儿的爱巢附近

多么动人的声音

这恋爱的季节

你的出现让我陶醉

只有你的歌唱触动我的内心

在幸福导致的兴奋中寻找

谁知道翅膀被近乎透明的网粘紧

猎人的大手出现

森林里满是知己的声音

直到漂亮的羽毛被拔光

鸟儿的心里还是无比蜜甜

等明天太阳升起

我就能和知己蓝天比翼

幸福着管它天上四两地上一斤

不起眼

有一种草

含笑不露

一点也不起眼

不是她没有风韵和诗意

她知道山野需要她的那片绿

有一种花

羞羞答答

一点也不起眼

不是她不懂打扮和起舞

她知道枯荣都要报答河岸的养育

生命欢歌

平凡多数

小草小花拥有自己的世界

她知道不起眼就是风采　就是幸福

阳光有爱

不惧风雨

不起眼活出天地的精彩

不起眼让明天更幸福

不要抛弃自己

过去

得失

天地知你

不要抛弃自己

已成悲喜

都是生命的累积

若是忘记

注定没有出息

莽撞不是努力

在明天释放友善气息

才有荣耀的记忆

太阳升起

照亮的不只是你

抚摸岁月

谨记

无论落差

不要抛弃自己

不要让别人向你看齐

不要让别人向你看齐
人生没有队列
只有影子摇晃
人群中
或前或后
你始终是孤单但有希望的
或左或右
又何必彷徨
踏着自己的影子前进
从背后迎来了晨曦
所有阳光的日子都在前方

晨悟

其一

浮躁的美
躺在阳光上
万般思量
总有陶醉与欣赏
飘来的云朵
更是有模有样
天空不再想象
坠落的霞光
沉入梦醒时分
浮躁之美
又百无聊赖地
躺在阳光之上
这一回
得意的霞光会是什么样
人有人的模样
走在路上
不必轻飘荡漾

其二

熹微

窗外朦胧

辗转反侧

还是习惯等太阳

尽管备足盘缠赶路

幻觉的快感最接近晨光

忽地心里放亮

旭日东升

霞光不懂人情

尽管努力睁开双眼

熟悉的周遭依然陌生

模糊一派景象

辨认日子有点难堪

真个是清醒却未必轻易清晰

一骨碌放眼世界

万物互为远方

可以接近的还是自己

转眼夕阳随意

天空却没有了颜色

尽管再也不能挥霍万道金光

数不清的星星却是交相辉映

亮堂深处

晨光隐藏

晨曦

晨曦开始

一切正在开始

有阳光

有风雨

有朦胧

更有早醒的诗情画意

阳光是希望的风采

当你播种或采集快乐的时候

你会否经常操弄夜色迷津

搅拌那七零八落的故事

咀嚼枯燥还以为有韵味

凝封了明亮才是真实

夜是躲不过但要放过

晨曦不争自然来

最有风景的是迎接未来

当许多深夜场景还在虚幻

阳光已经笑意轻盈

一切勃勃生机

一切正在给你

不要以梦为借口拒绝

掐指计算　一生会有多少这样的日子

见过多少旭日临窗

宁愿与朝阳同起

不要夜深沉迷

欺人自欺

趁未老的时候赶紧年轻

老了
是那轮太阳
沉入了黑夜的梦境
人终会沉入一场梦境
重要的是从梦境向往光明
趁未老的时候赶紧年轻
火热的青春亮丽着生命
把日子过得满是芽儿
不在乎风雨兼程
只向往旭日东升
拥有一片霞光
你永远年轻

随记：我们的生命，就像一轮太阳。岁月不可逃避，不息的是那颗向往光明的心，当你拥有人生的霞光，你是不老的。把日子过得满是芽儿，充满无限希望，永远感受到生命的美好。

城市不是所有梦想的家园

城市集结了无数美梦
繁华陶冶着每个人的日子
尽管囊中羞涩
霓虹灯自信　亮丽
每个胜利者都有着那样的高品质
输家躲到了哪里喘气
勇气能否提振着骨气
目光未必能接触旭日
总是躲在云端里
切磋琢磨自己的梦呓
梦想家的梦境总是多彩多姿
可青春不能虚构也不能打折
如果你要走过彩虹桥
当然可以绕道城市
城市不是所有梦想的家园
山野乡村更有适合耕耘的土地
摩天大厦怎能让你伸手摘星摸月
你是种子　何必一定站在巨人肩上折高枝
生长于土地
梦想才有根基

诚心

雁飞天涯

并非为一个承诺

风吹浮云

看得见日升月落

为一句话开始一个故事

转身找不到你我

人心无须捉摸

言语不必琢磨

常常想起

曾经的月升

更牵挂

明天的日落

无尽的日子

一个段落接一个段落

鸿雁的故事

才会金光闪烁

心相印

手相握

人如日月

别把风云藏心窝

重阳

重阳未登高
人心与天齐
但赴天脚下
夕阳低头笑

初夏的故事

初夏，
你来了，
带着花的笑容，
回眸刚刚离开的春天，
然后迈出轻快的脚步，
在阳光下的原野，
用含蓄寻找含蓄的生活，
写意，
水一样的自然，
没有他念，
只有大海，
还有浪花对高山的渴望。

穿越

月亮刚刚下山，
天际依然寂静。
太阳冉冉升起，
大地呈现五光十色，
眼前的路开始攀爬延伸，
流水和行云有各自的思量，
唯独影子伴随所有，
风过来聊聊，
鸟过来合影，
云过来笑笑，
水过来看看鱼欢虾戏，
脚印在青苔上也琢磨一番，
梦挂在树叶上也叩问万遍，
何苦？何必？
一路流连忘返，
一路落花流水，
高山峡谷，
掬水平川，
最忌刻意，
聚首不问初衷，

相逢才知山水，
明月清风等闲事，
朝阳晨露鸡鸣早，
天涯转弯尚觉迟，
眼前万物皆属我，
身后孤影随谁去？
万物皆有经纬，
何事不练人情？

船

载得太多

半浮半沉

河

昼夜不舍

寻找码头

卸

立刻填满

还是半浮半沉

漂

再也没有岸

漩涡连着漩涡

天边许多帆

风

折腾波澜

吃水越来越深

苍茫烘托着孤单

不可以抛锚

堵漏之后

水花四溅

远眺帆影　还是点点
缀红日边
停
不甘
奋力追赶
跟上日边那片火红的帆
霞光灿烂

春

从不刻意雕饰大地

空气中的芳香怎么也留不住

花开花落有知己

阳光的泪滴

让田畴荡漾新绿

谁的心情谁的主意

泥土懂得珍惜

风暖好寄诗

繁茂无言说心事

自然自觉生春意

何必自己

春雷传说

风在山顶摇曳着出彩的云

山谷呼应着拨弄那七色的和弦

阳光拭亮了闪电的情怀

远雷播洒着美好的问候和祝福

大地的情愫一骨碌睁眼苏醒

轻轻地　森林的嫩绿脉脉含情

盘旋的乌鸦转动着春水欲溢的媚眼

溪边老朽古藤晾晒着湿漉漉的晨曦

明儿她要穿得花枝招展到树冠上举办庆生的舞会

叶儿虫儿正捧着鲜花排练夹道欢迎的场景

嘿　虹儿也撩起裙裾溜进现场

此刻风景再不是酣睡的梦境

悄悄地　原野欲倾诉花瓣恋爱的故事

蕊儿说有一种情怀叫吐露芬芳

嗯　连整个冬天都无忧无虑的清潭也不再淡定

从容不迫的鱼儿早已按捺不住水花四溅的激情

它明白如果不力争上游那就别怪洪水无情

水底没有天空可私藏云卷云舒的浪漫

赶快冲破冰窟窿里的沉静

生命的诗篇已经到处萌芽抒情

天地如此的奇妙　奇妙

啊　如果你有机会复苏就不要留恋冬眠

错过了季节便是错过了收成

就算沐浴万紫千红也当需及时

谁还记得那场新雨那场梦

别耽误了与春雷一同觉醒

春天的诗行

阳光把冬天翻晒得暖融融
芽儿把大地的心事刚挂上枝头
风儿正挽着情侣在河边起舞
开耕的土地犁出了春天的诗行
我眼看着我那火热的心田
童年的故事瞬间由翠绿变得金黄
种豆得豆　种瓜得瓜　书声琅琅
春天的诗行就这样美与爽

春天来了　我在花园里等你

风儿轻轻吹走云朵

阳光抹过蓝天洒满原野

小河泛着波光

草地长满嫩绿的新叶

满树林的小鸟在撒欢

花儿在树杈上迎风摇曳

花园里外暖融融

春天来了　我在花园等你

远处的歌声

多么熟悉　多么甜美

在这温暖的日子　我们相聚

犹如花儿向阳开

春天里

太阳的目光

让我的内心微澜荡漾

向往一如既往

自信的风带来一派安详

春水欲溢

倒映出万绿丛中的争红斗艳

灵犀触动眺望的琴弦

这一刻属于远方

春天里

太阳的目光那么深情

温馨的耳语在萦回

落地的种子不会被遗忘

还有一年四季的芬芳

春天，我听到花开的声音

由远而近

由近而远

春天　我听到花开的声音

妩媚的旋律牵引着暖色

这个世界开始浸润我的心田

等一会儿再舞再唱

天籁中谁愿惊动春的笑容

由淡蓝到粉红

由粉红到淡蓝

生命　是一种争妍

遇见春天

真美

心安

错对是翅膀

选择拥有
便有了路向
谁知因为飞翔　掉落理想
回头张望
泪眼不见诗行
何苦沉吟惆怅
烟尘盖不住
心有远方不迷茫
错对是翅膀

大海与脚印

浪

万古不变的态度

风扇动

飞扬万顷

月明天高

倾听未见平静

用心磨砺

彼岸巨石沙碎

一派晶莹

一行脚印不代表人来人往

潮涨潮落

彼岸此岸永远太平

翻来覆去又是闪烁晶莹

还是那种态度

不变

平静

待在你的群里我可以一言不发

风吹过春天的原野

芳香飘荡

蜂舞蝶狂

总有一处色彩斑斓

蜘蛛的悠闲并非梦想

这群落各有思量

只是不经意幻觉沦丧

花开的精彩从来不为欣赏

待在你的群里我可以一言不发

那蜘蛛夜里正忙

别说我无话可讲

还是应当

天一亮谁给我背上行囊

仰望

不会彷徨

代沟

蓝天下

阳光里春风一样

在并不遥远的地方

长在一座山峰的老树

看着另一座山峰的小树在长

溪水流淌着故事

曾经为森林播撒的种子

终于成为栋梁

扛起一片天空

众鸟飞尽孤云悠悠

一厢情愿的想象

不相情愿的思量

都是立地参天的模样

随季节绿黄

还是你我翘望

相忘不忘

彼此悬崖风光

风染万重颜色

空谷回响

清泉流石
壑深纵横入海洋
其间繁茂万象
英华荐香

带着阳光出发　风景接踵而来

生活不是昨天的花开

美好的日子始终等待

重复营造困惑

留恋生无奈

天涯虚构

旧梦芳草深埋

大山无言志入云

流水向海最豪迈

抬望眼

别管前程路曲折

云散天开

带着阳光出发

风景接踵而来

脚印万重

精彩

当回忆成为诗篇

一根火柴
借太阳的光
点燃心的故事
照亮明天
一坛酒
让感慨发酵
酝酿出梦境的芬芳
生活散发着甘醇
没有理由把回忆变成凿子
将往事挖成陷阱
吞噬了前进的路标
当回忆成为诗篇
火与酒的奔流
让未来充满内涵
活着才能体会生命的美感

当秋天成为你的心情

当秋天成为你的心情
金色无处不在
大地张扬着情怀
风儿被深深地感染
她真诚地将新诗奉献
那束温存的目光恰与原野上的阳光重合
编钟一样流出妙韵
近处的小溪漂流着红叶片片
风儿为之轻拨和弦
远山被蓝天抹得金光闪闪
云彩也镶着风儿赠送的金边
鸿雁披着彩霞飞向远方的家园
风儿就带着这一切
还有更多的一切
歌舞在天地之间
当秋天终于成为你的心情
你才真正懂得欣赏风儿的笑脸

颠沛流离的心

一颗心

只有一颗心

一生一世颠沛流离

这不是命运维艰

一颗心

只有一颗心

注定漂泊才有魅力

向往是终生的意义

稚嫩的叶随风而去

这不需要哭泣

别误解滂沱大雨是泪滴

成长的太阳从来没有玩伴

满天星斗也没理睬它的故事

也没有谁看见它沉没天底

昼夜跋涉山谷的流水

从不知大海的模样

却要奔向大海深处

因为梦在广阔和深邃中才能游弋

一颗心

注定是一颗心
一生一世颠沛流离
谁也不能预知命运的曲直
如果有你懂得和怜惜
他会流下诗情画意的幸福泪水
心的浪迹永远属于温暖的美丽
颠沛流离　你也不要怀疑

随记：心，其实无时无刻不在追求一种向往，这种不断寻觅、不断探索的过程，也是一个不断挣扎和磨炼的过程。"颠沛流离"并非贬义，而是成长的必经之路，是一种磨砺，是心底自我的发现。

当我们无意中触碰到了生命的真谛，却好似仍旧感到迷茫，其实，我们的人生在那一刻变得更加通透了。戳破那层纸，我们会眼前一亮，人生和眼前的世界会变得无限温暖且一片光明。

钓

钓鱼

空

爽

钓水

空空如也

最爽

转瞬间

河面塞满了清风竹影

心

溢出了一股清明

满乎

兮兮

过足瘾的风景

啊哦

人有双眼睛

鱼也有双眼睛

奇怪的是

眼睛不相信眼睛

谁弄风景

阳光钩起水声

蝶儿，最懂花开

花儿开了
蝶儿来了
没有谁知道歌的缠绵
花儿悄悄地开着
蝶儿轻轻地来了
春天不是梦
幸福的是那甜甜的一吻
花儿真好
蝶儿最懂花开

丁酉年春节

丁酉年
第一轮朝阳很红
雾气浓冷
门前樱花树
光着的枝条还粘上霜冻
只是芽儿萌动
它们或许听到了老父亲微弱的呼吸
那是初春的瑟缩之声？
老人家的第九十四个春天
他已经不懂
一切回归婴孩
区别的是那种呻吟让人心疼
岁月可以轮回
生命不再重生
人在无能为力的时候
上苍留出时空
朝阳在升高
芽儿仍在萌动
丁酉年的春天
吹过酸楚的风

冬天来了

不要停下走向春天的脚步

寒潮虽不只是应酬

从远方而来当然少不了酒的话题

斟酌过大地的收成

冬天也不是季节的完美收官

别关起门沉醉风雪的梦幻

从前的耕耘已成为故事

喋喋不休注释的是寒酸

聆听的魅力还是在路上

冰天雪地不会隐藏你炽热的祈愿

冬至以后白驹又要回到家园

鸿雁将把美好的消息衔回湖畔

上路的行囊还是不要放下

冬天来了

不要停下走向春天的脚步

窗外的红日不是你画的圆

路上的脚印不得凌乱

待到明年春来早

万物向荣

冬天印象

幸运的是故乡

憨厚的太阳

把早晨和傍晚涂满了温暖

远山的心情一片爽朗

小屋旁边依然快乐生长

树林一直有小鸟歌唱

霞光还在变换着霓裳

置身其中

谁能不向往

冬韵

其一

去年还长河岸
如今已开庭前
经冬更是别样
数九寒花暖心

其二

颜开遇上数九天
心有温暖诗应红
若无佳句随口出
开卷哪敢风雅颂

冬至

我遥望

你在南回归线播洒希望

从这一刻开始

回归当初

不是遥远的遐想

那轮红日喷薄的曙光

揉搓汤丸

依然温暖添香

天地之间漫溢出一片晴朗

寒流始终憧憬南方

苍茫中

冬至随心而至

脚步不慌不忙

来年比翼

英气豪爽

都市浪漫之抵押命运

幸福

快乐

梦中的垂涎闪亮

还不知道她的模样

跟着别人的畅想

将命运抵押

空中的楼阁

一纸按揭

一切立马亮堂

满屋的芬芳

荣耀门楣

从士兵到将军华丽转身

寄希望于抵押

致盲后再豪情满怀上路

阳光下摸黑

稚嫩的童趣被忽悠

再也没有机会数星星

月亮也估摸在天上

寻寻觅觅

别人的田园收获不了自己的理想
一知半解的耕耘
这里不会生长你的愿望
美好在心上
幸福快乐在路上
别把命运抵押在天上
霓虹不是按揭
梦也需要安稳的床

读现代诗和写现代诗

诗　还很嫩
不轻易长出新芽
萤火虫喜欢在枝丫的腋下鸣唱
顺便一笔画出灵动的春芽
转身便和袅袅炊烟暧昧自夸
诗　成了厨桌上的抹布
每一天都重复一个动作
擦那些洗不净的甜酸苦辣
谁都知道苍蝇更喜欢碟子里的新味
总是在砧板上吟哦
意境麻木的味觉早没了芳香
于是到河边乘凉
和着落花流水的节拍
笛子无端吹出一串感伤
西施浣纱　沉鱼落雁　河伯泪成行
精彩的故事还是不断发生
满河漂流着爱欢的梦呓
竹篮是一张最大最好的网
从水中提起　梦却不在现场
诗　还有什么
腌透的爱始终酝酿希望
就等阳光生长

风景留言

如果你是风景

许多人会在你面前留影

尽管你很美

谁愿意进入你的梦境

爱你的人一定是那个园丁

如果你是风景

因为你将被带走

所以更加坚定

你知道那是一个画面　不是那颗心

你真的是风景

不在乎别处还有风景

我是充满魅力的风景

管你留影不留影

风景这边独好

你来了，
风景这边独好，
陡然发现我的内心藏着许多诗，
春风欣然翻开书页，
阳光朗朗地读着，
生命邂逅一次，
那是永恒的珍藏，
有空晾晒一下，
怎么可以忘怀，
那一缕芳香。

风因前方而豪迈

歇歇可以
别停下来
没有多少岁月可以耽搁
初衷始终追赶未来
可有许多故事争着插队
梦并非旭日
让所有的日子都精彩
愿望成了寄生
落叶质疑着阳光
飘零一路　斜斜歪歪
路标从来不改
歇歇可以
别停下来
一路烟尘　一路花开
风因前方而豪迈

风雨是对大地的劝勉

盛夏

流火满天

原野寂静　麻雀悲催

老叶垂蔫

暑天茫然不耐烦

翘首望秋雁

何时天凉好弄田

晴朗待丰年

白日绿荫梦不成

悄然风雨来天边

江河水满

大地勃发精神

老叶出彩

万艳丛中芳香流鲜

高树气扬

小草绵缠

谁知天晴流火更烧天

作物又垂蔫

一夏清凉何处寻

记得风雨劝勉
好生翠绿
别乱了时令
伤了自然

孤独

你若孤独

风景自成

树不是为鸟窝而生

傍晚的热闹侵扰不了静夜的萌动

风从来作为过客

动情放歌也成不了知己良朋

整个世界都在卖弄

芳香的浸润使无数的鼻子凑近

所有的目光像赶集那样摩肩接踵

手自觉地探进囊中

还剩下多少盘缠

远方言语不通

艳遇从来都是好梦

还是打量一下眼前的百年老树

它从来不打量别人

乌鸦住在树上

狐狸藏在洞中

不厌烦摇摆的风

当孤独成荫

寄影云空

甘蔗故事

甘蔗

甘着

一个好听的名字

来之不易

春夏繁盛

历经

秋冬简约

积蓄着生长

一节一节

为了向上的每一节

不管风的浪漫摇曳

痛着还要把最亲的生命剥离

立足土地

感恩阳光雨露

一滴一滴

吸取天地间每一滴清淡

酿成满腔的甜蜜

在别人幸福的日子里

留下生命的最后一节

埋藏在脚下

忘却往昔

寄望明年正月

又萌发当初的意义

甘着

感谢

给内心留出空间栽好自己的风景

阳光

星光

梦千重

无为

有为

人活何等算成功

思前

想后

水满江河溢

心事浩茫没了初衷

何累

何苦

万般无奈塞满胸

拨开草丛

阳光

星光

转瞬间万紫千红

君应懂

给内心留出空间

栽好自己的风景

这才是英雄

随记：纷繁复杂的世界，为梦想劳碌奔波的人生，多少事，想不通，还得明，留出内心的空间，栽好自己的风景，这才是最重要的。英雄豪杰需要知己，更要懂自己。

耕耘苦难花园

一生中你见过多少花朵

你就要经历多少苦难

快乐的花朵与苦难的花朵

都是那样艳丽　同样属于命运的绽放

可以远离春天的芬芳

却躲不开苦难的花园

既然躲不开　就应该好好耕耘

播下美好的种子与苦难一同成长

直到绽放　直到芳香浓郁

如若花园有了蜜蜂有了蝴蝶

活着还不可以安然么

构筑内心的梯田

命运如山

别指望想象

无论如何非凡的想象

都不能把云彩揉成芳香

只有土地才能让花卉与谷穗生长

心境是山

别沉迷奇遇神仙的幻想

无论神仙和梦幻如何攀亲

别让内心荒芜

一生都在生长

构筑好内心的梯田

纯洁的山泉灌溉你梦想

耕耘播种

一锄下来便是美好的绽放

春夏秋冬

阳光雨露收获快乐的歌唱

走进山里的每个日子

构筑好内心的梯田

巩固你丰硕的粮仓

骨伤科病房感悟

鱼
不会跟海洋过不去
树
不会跟土地过不去
人
不会跟生活过不去
昨天
是因为过得去而存在
今天
正在过去
明天
不管如何
简单而美丽的差事
同样会过得去
脚下的路
轻轻走
别伤了筋骨
就算没了坎儿
也会有过不去
过不去是懦夫
过得去是丈夫
活着如此

鼓舞

不知夜之深浅

未能寐

忽听窗外风雨相敲

心下坠

月上枝头与星语

掩盖了花谢随意

落红飘絮

身世谁问

层层绿叶　叠叠新蕾

寄托万顷婆娑

轻言细语

传说簇拥真谛

枯荣是梦

一树气息相偎

等熹微

向荣春晖

和暖间

境界大美

谷坠

曾经心高气傲
总以为绿满天涯
消息浪漫
谁知爽然季节变换
风沙沙
没高低
齐刷刷
禾黄稻熟万顷浪
大地无意问
弯腰低头热泪滴

关心

眼光

时刻在这个世界飘荡

思想

喜欢向远方飞翔

寻找梦乡

寻找芳香

一百个借口为他人着想

高地上旗帜飘扬

只有深夜才跟自己的灵魂交谈

一骨碌

还是忘却了灵肉之殇

结果远方和内心两败俱伤

病入膏肓

幡然醒悟

才记起远方正在打场

深夜的摇篮曲还在唱响

深处最渴望温暖

把远眺的目光收回

让心灯明亮

逛野

华灯霓虹
身影杂乱
找不到自我
逛街无趣
回归山郭迷风景
流连水岸田畴
夕阳染青
枝头泛红
随意撩动思绪
自然飘荡
逛野情趣生春意
斑斓争红绿
许多美妙摇曳
精彩琳琅
身影滑出地平线
忘怀天际

果实的风景

长成于天地间
那特有的芳香弥漫
是对阳光雨露的感恩
内心深处的酝酿
不是你懂的那种甘甜
你若感受不了果实的风景
想象不会让色彩斑斓鲜艳
绽放那一刻
挽不住的是万千留恋
土地丰收
难忘的竟是一张笑脸
风光无限

果实是对花开的铭记

没有季节只有经历
花的故事除了单纯还是单纯
绽放之后是离去
什么也不说　只吻过一口绿叶
绵绵的牵挂已长成了累累的果实
日子一串串地挂在那里
是芳香
是甜蜜
果实把所有的话语藏在心里
从不用泪滴注释
一颗一颗的种子都是花的期待
那是它对花开真心的铭记
生命如此
才有我们的美和诗

还是那片土地

绿了黄了
绿绿黄黄
春夏秋冬总是把它覆盖
没有幻想
还是那片土地
寒来暑往
背负着耕耘者的梦想
不抱怨
也不彷徨
若是天时地利
欣欣向荣是最好的景象
若是风虫水旱
不生气
也不绝望
还是那片土地
转眼间又是生长希望

寒冬数九

一九二九三九

寒冬数九

北风包裹好万千情愫

腊月故事看着就长芽儿

天空仍铁青着脸

原野还是颤抖

一串串愿望挂在树梢

依着窗户

掰着指头

来年的土地会酝酿出什么日子

耕耘的想法很多

四九五九六九

心头一热

还有半坛米酒

够了够了

添满了劲头

七九八九九九

走出家门口

还是迎春枝头

无论颜色

与尔同谋

何为可为

人

难的是一辈子只做一件事

奔波一路乱寻觅

茫茫然

顺手牵羊

啃噬青葱草地

若有半点得意

连带将日历撕掉

最自然的是一声声叹息

串联起岁月

自己对自己讲故事

生怕别人忘记

借酒呐喊

英雄落魄怨风起

找不回曾经的自己

浪迹天涯

浪费了三万六千五百日

谁人关注

伤痛处无成一事

自知已迟
恨不能反转岁月
何为可为
一生一世只做一事
始终兴趣
足矣

河问

山
你越高越圣洁
离开你
我不再清纯
鱼
听说你要成为化石
游得好好的
登时窒息
海
上善若水
万物得利
你再也包容不了自己
河呀
滴水见世界
柔情满人间
面对大地还有多少情义
人呢
水载舟也覆舟
朝虑夕惕

可知河有何殇
不必鱼传尺素
曾经的纯洁不应是秘密
空回忆
过尽千帆皆不是
河边人依依

和朝阳一起等车

远方已在

车还未来

朝阳已来

路边的车站旁

一棵榕树很大很大

风儿透过叶丛

妖媚有点儿不安分

阳光走近我的身旁

顿觉温暖舒畅

她顺着我的目光张望

车什么时候过来

我也这样问她

相视而笑

耳朵有点热

远方的话语传来

不知说着啥

车仍然未来

别急嘛

人在路上就得忍耐

我看到了榕荫的色彩

风儿把玩着叶子的美声
阳光微笑着犹如花开
车来了
她依然伫立在窗外
人影绰绰　风儿脉脉
忙什么去呢
这朝阳这榕荫
还等你回来

红尘路

从远方

蜿蜒而来

向远方

蜿蜒而去

你追我赶

尘土飞扬

不忍心回头看花开花落

芬芳不再

向前方

过了山还有水　一片迷茫

谈何纵横

马死落地行

万重脚印踏碎无数身影

还是那个梦

是圆是方

心比天高　不管脚下路长

过了一村又一寨

不远处便是天涯

朝霞依恋扬帆　彼岸欲何往

道不尽的人来客往

冷暖无常

这路上的人还是不慌不忙向前闯

走过一遭

无论短长

看过风景不过如此

酒过三巡

留下故事别人讲

醒来东风习习　又见红太阳

别难为自己

硬是开山劈岭

力不从心却是英雄逞强

静下心来

不再数那夜空星辰

留一腔热血涂抹人生模样

红尘路上

开心最爽

花的成长

默不作声揉搓阳光一辈子
心情放晴的日子
春天已经用阳光兑出了芬芳
到处闪动着比自己更美的倩影
绿叶也掩盖不了落红
花儿终于歌唱
地里又长出了自己的芽儿
那才是成长的开始
活在自己揉搓过的阳光里
不可能只有一次青春
因为你的明天总有种子的美丽

花开冬天长精神

凋零

枯黄

冷色

这季节如何安顿妥当

迷茫

寻找

春蕾夏花秋色

万紫千红天地豪放

美景可餐

只可惜落花流水

天涯他乡

啊哦

如今又是冬令清冷

寒风中忽见墙角鲜艳峥嵘

心情陡然火旺

不再哆嗦彷徨

原来每个季节都升那轮太阳

任督二脉一通舒畅

花开冬天长精神

阴霾照金

两眼放光

真爽

还原

夜与昼

永恒

过路者产生了想法

为了那盏灯点燃美梦

纪念曾经的天籁朦胧

将阳光移植

陶醉城市的魔幻霓虹

艳丽装饰着自负

意志像利刃划破黑或亮的天空

谁知道夜的撕痛

明月从来都无奈

醒来失却酣梦

仰天长啸

万物来去由苍穹

别得意弄天聪

若无阴晴　何为得失

无须酒绿灯红

夜还原

成就梦

美梦

回味一生的谜

梦醒

再也没有睡意

回放往事

童年

母亲让我猜谜

早晨

东边种颗瓜

傍晚

攀到了天底

青藤悠长

结果美丽

再也简单不过的谜底

肥沃的土地

种下相思

绵延一生一世

多少次梦醒

搂抱那温暖的谜

留恋最精彩的故事

直到太阳升起

活得很累　是因为没有发现自己

哗哗啦啦的溪流在感叹森林不把自己挽留
摆裙弄裾的云彩嫉妒太阳高不可攀　潸然泪下
貌若天仙的花儿可怜自己无人欣赏　凋谢了之
这许多的故事人在效法
其实溪流的精彩归宿在大海
云彩的美丽是因为大地的牵挂
花儿不离开枝头　果实往哪里安家
人活得很累是因为没有发现自己
错把自己当牛马

活着，是不争而拥有

从芽儿到芽儿

树干压根没有想过的事

土地与天空

阳光和雨露

从一切到一切

成长着的是一场拥有

这不是自私

活着的不是自己

是天理

叶子和花朵从不认为这是境界

该绿就绿

该香就吐蕊

活着确实是一场拥有

如果真要解释生命的最美

失去阳光就没有影子

让叶子赢得四季

渴望花的感激

始终又是从芽儿到芽儿

活着，精彩的是不争而拥有

好好成全自己

活着，要成为一缕阳光

活着，要成为一缕阳光
有时天蓝得让白云喜爱
自由自在地飘着
阳光让云朵给大地投下俏丽的身影
让风追逐嬉戏
这种感觉才是浪漫
有时苍茫的天空被暴风雨堵上了
闪电描绘着激情的画面
没有激情不成风雨
谁知道云层之上　阳光在唱啊跳的
这种氛围才属于天使的善良与温柔
当晦天露出裂隙
阳光立马投向大地和山野
那里有绿叶鲜花及果实让她惦念
夜并非只叙述黑暗的故事
其实满天星斗正把玩着阳光
轻松自如地在天汉溜达
从来不会因为宇宙的遥远幽邃而迷茫
这一切都那么自然
那么简单
活着　怎能不成为一缕阳光

火焰

那是一种最美

温柔闪光

没有它　谁成全天地

万物自强

气息万端

燃于自然

风云激荡

宇宙苍茫

吾见天下英雄

顶天立地

万丈光芒

照亮众生热血一腔

横眉何须疯狂

恰是温柔生能量

红光

雄壮

家乡的月牙

在那片蛙声虫鸣中
你独自欣赏着墨黑的田野
还有几点亮光的人家
天幕上的星星各有各的精彩
我知道你不曾理会遥远的天堂
此刻你凝视着风景熟睡了的土地
流露出淡淡的思念
朦胧的幽光饱蘸着清凉的夏露
洒满了门前的草地
啊　家乡的月牙　从我儿时到我老时
都是那么一点点细小
还有你带来的夏夜的一点点清凉

假如你是那片大海　同样也要刮台风

蔚蓝

淡定

笑意盈盈

多么温柔的个性

但不是每天都是这种心情

大海是阳光的仓库

汇聚着天地的激情

时空出现了新的风景

台风把海水像新娘子的花轿一样抬起

似乎扔到了天顶

谁知道这个精灵又把新娘子任意揉搓

将她藏到漆黑天空的胳肢窝里

巨浪忍俊不禁

狂笑着掠过长空　让观海的人恐惧吃惊

咆哮

扶摇直上

翻滚

惊涛拍岸

幽默

大海的性情

假如你是那片大海　同样也要刮台风

同样也有电闪雷鸣

风平

浪静

和蔼

恢复往日的意境

江山

舍得一切

拥有世界

一滴挂在叶尖上的露珠

最留恋的是大江东去

来自高山峡谷

龙游苍茫大地

谁知道向往是回归

托付起不变的奔流跋涉

天光云影万千风帆

不变的是初衷如一

一座山比不了另一座山

除了仰望便是俯视

崇高是多么不容易

树上的鸟懂你

潺潺流水疼你

花开四季万紫千红

高耸入云怎可以没有脊梁

山水相逢人心里

何为易不易

江山永志

荆棘花

在无人知晓的山野
生长是天意
盛开也是天意
你满身的针刺锋利
谁都跟你保持距离
你果实的汁液苦涩
所有的虫害都回避
因而你坚守着原始
叶儿是那样嫩绿
花儿是那样得意
无忧无虑享受着阳光和风雨
幽默地吐露着诗情画意
自由自在地展示美丽
春天里你最具魅力

经历了冬天

怎么可以被萧萧的北风纠缠

乘风而去一点也不浪漫

何况土地已经做好了准备

树林比往日更有精神

返青的河岸芽儿露脸

一切都沉默

太阳一出

没有谁再吟哦昨夜的梦幻

留恋的原野没有臂弯

种子从不理会无聊的心愿

她计算着离惊蛰还有多远

热闹的世界让人一点也不能怠慢

东方有喜

你是第一个开门见红

晶莹剔透一颗心

雨后
熹微风静
晨露
挂在叶尖
芽边
花苞含英
晶莹剔透一颗心
温馨漫浸
点滴升华
更比红霞万顷
清爽宜人

境界

大美

不需装饰

心有风云激励

自然成就无限境界

那轮红日

荡漾的气息

纵深高远

极目天低

立足处

山河洋溢新意

挥手间

醉人画卷铺满天际

乾坤亮丽

静心是最美的风景线

忙碌使天空五光十色
不曾消停的耕耘翻来覆去蹂躏着土地
汗水培育着生活的艰辛与快乐
仰望天空读懂的只是日升月落
面朝土地寻找的是每一天的果实
未曾注意到周围的风景属于自己
更不在乎远方有自己灵魂的家园
心飞翔却无暇审读自己的倩影
风雨　彩虹　千帆竞渡
梦的碰撞火光连天
人们世代传说这是人间最美的布景
当梦境消退　转身处　忽然首次看到自己
还有自己的心　原来是那样湛蓝的湖泊
星光在水面荡漾着
风是看不见的知己
除此之外就是轻飘的自己
一片小船样的落叶
没有承载　没有前进的期待
心的风景线如此亮丽
若懂得欣赏　自然有酒和诗
此刻你属于自己

酒

苦涩百年

等候一饮

温存越过杯唇

醇香外衣脱下

在俘虏中舞蹈

没有谁欣赏泪滴

醉与不醉

不是你的艺术

灵动时

可怜许多酒杯粉碎

高举的心

随星光沉睡

蓝梦不知心淡

酝酿百年

为何错醉此刻

梦呓当初

甘露清纯

还是那滴最美

开往春天的列车

为了翘望
把目光聚集
时间不再生岁月
年轮停止在泥泞的路上
志愿者汗流浃背
铺设一座新的桥梁
赶在千里冰封的前夜
穿越隧道那点光亮
出了山谷真爽
看得见愿望聚汇
盛放的烟花淹没了夜空
倒计时席卷着声浪
正点到达
年轮经过的地方

随记：赋闲，与朋友在河边钓鱼，闲谈中，他提出话题"人生为了什么？"，并自问自答说没有人回答得清楚。我说为了快乐，然后笑语，老子、庄子、孔子、六祖圆答明了。或许是因为这次垂钓欢愉，深夜两点忽然醒来，记下这首小诗。

快乐的初始

走进晨曦

走进清新的空气

快乐的每一天从此开始

聆听鸟声

聆听溪水的歌声

快乐的每一天从此开始

凝视晨露

凝视远方的美丽

快乐的每一天从此开始

这样醒来

这样

立春

颜色

凌霜而美

这不是选择的结果

花开

向阳而红

并非等到春来成朵

立春的意境

精彩的是在寒冬弥漫

别计算什么

有心不让田畴冷落

日子才能繁荣

蓬勃

恋土

生于土地

长于土地

土地塑造了身躯

土地注入血液

滴水滴泥

所吻一切

养活了情

养活了义

童年的儿戏从土地开始

盛开的花瓣奉献了美丽

落叶悄悄成了泥土的爱人

岁月传颂

化不开的恋土情结

阳光交织

风雨洗涤

烈火烤炙

身成泥土是泥土

心化尘埃养新诗

另一条路

穿越
用脚走完一生
一生很短
经过的路
有曲折也有艰难
能回头便是感叹
何必如此
其实可以用心走路
活着是一种内涵
没有长短
也没有老嫩
在时光里周长无限
出发是起点
也是终点
历程不只是方圆
向往无垠
太阳底下穿越黑暗
月黑星高穿越光明
体验的是快感

这一路走来
没有脚印
却路过遥远
遥远
遥远正在身边打转
打转

流水不等闲人

心总是在陌生的时空飞翔

如果没有奇妙

寻找就没有梦境

没有谁能让大海干涸

没有谁抛弃猜想

宇宙就是人心的模样

生命只有一次

为何没有降落的地方

庙宇和教堂会使天空变得怎样

滴水隐藏了大海

心总是在陌生的时空飞翔

为那一份奇妙的猜想

快乐无疆

路

路总是很远
一点也不远
走自己的路通向远方
远方有多远
用脚丈量里程
还是用来走路
脚印的意义
也不能注释生命的全部
无数自己的路交织着
覆盖了这颗行星
重重叠叠
都知道天涯路远
不知道天涯荒芜
天有大道
人各有路
昼夜赶路是为何
路总是很远
一点也不远
一路顺风一路错过
第一步和最后一步
串联起来是最美的故事
别禁锢每一步

落叶

纷纷扬扬，
然后聚集在一起，
跺跺脚蹬蹬大地，
展示自己的故事，
春吹着翠嫩的笛子，
夏朗诵着火苗的艳丽，
秋一本正经晾晒着浪漫，
冬高扬着英雄的发髻，
趁着星光散去，
梦境好快睡着，
絮语与鼻鼾融会贯通，
尽管没有新意却有创意，
难怪纷纷扬扬落下得意。

旅途是脚印的重叠

远方有呼唤
那声音洋洋盈耳
不再留恋盛产梦的地方
别人正在天涯狂欢
心花怒放的日子
确信是在山那边
于是背着晨光出发
来不及辨认东西南北
迈开脚步
只见前路广宽
从不揣摩脚印怎么会重叠
寒风中迎面扑来一股温暖
越是走向太阳升起的地方
越是与太阳相距遥远
渐行渐远的时刻
蓦然回顾
车水马龙为何般
脚印重叠重叠重重叠叠

绿肥红瘦

绿肥红瘦
曾是千古美谈
而今我谓春色红颜
绿满河山
只是知时而春
红遍秋岸
不为人之礼赞
一点点
美端端
从枝头漫向天涯
感恩日月
不为争艳
如有芬芳也是自然
亮丽悄然于心
何须跋山涉水觅知己
绿是淡然
红也平凡
江山万里真心点染
得了得了
绿肥红瘦
随人美谈

麻雀

金黄的田野
直觉稻香的美妙
离开了屋檐
一巢蛋儿再也没有机会
企盼母亲的回归
如果只是羡慕别人的丰收
自投罗网不会成为故事
虽然也是土地的主人
分享红利是最精彩的幻觉
那张网怎么可能是迎风招展的旗帜
扑上去翅膀就没有意义
欲望从来没有义务重生羽毛
失去自由　掉了谷粒
可口未必可乐
这不是教义
一辈子却值得珍惜

没有什么比旭日初升更美

晨光把黑夜的帘子轻轻地卷起
一天中的最美便开始
看得见苍天张开怀抱
看得见大地醒来的微笑
听得见百鸟欢鸣
没有什么比旭日初升更美
沐浴晨光是你最佳的运气

美丽与幸福的感悟

如果你懂得美丽

危机四伏最美丽

悬崖

地球上最吸引人的风景

一点

一点

分崩离析

完美烟尘

如果享受过幸福

简单朴素最幸福

种子

土地上最有价值的生命

一粒

一粒

播撒灌溉

无论收益

每年春天都是自己的童年

童年很简单

那是生长快乐的日子

童年很美妙

梦完醒来就是一片幸福的嫩芽

所有的期待都是美丽

所有的美丽都纯洁

所有纯洁都参与

没有太多的想法和歧义

唯一吃惊的是母亲脸上没有笑意

晚饭时候数着筷子点着全家人是否到齐

早晨上学跟蹲在门口的小狗挥挥手

读书写字最乐意

长大后焦虑像林子一样茂密

美好的生活什么时候开始

努力努力　每一天结余的还是努力

习惯了梦的天国

习惯了攀爬理想的云梯

总想随太阳升起

总不愿跟月亮回去

脚印重叠的路上心从来不踏实

岁月酝酿着新的期待

其实在远方的是童年的自己

多少个春秋　多少个冬夏

一切已经现实　一切正在消失

唯有童年在歌唱和呼唤

寒暑易节太多的经历

什么都可以放弃

唯有脸上的那一丝笑意让人加倍珍惜

每年春天都是自己的童年

那一片片稚嫩的芽儿

又生长出快乐

得意

迷茫是一道风景

迷茫不是绝望

迷茫是一道风景

当然风景也是屏障

走进去就要穿越

不要吃惊　更要清醒

太阳总要东升

云开雾散　前程光明

事情正在成为风景

光明本身又是迷茫

不要有太多指望

欣赏一下内心是浊是清

何谓迷茫　何谓清醒

浊者自浊　清者自清

难道这不是风景

明静的心

我心天籁
不在乎人间喧嚣
明静深处
天光水色共美妙
聆听自然原声
风不被打扰
月悬新柳
虫鸣悄悄
是非万般皆寂寥
了却尘寰累赘
恬淡清秀
一目了然
山长水远无谓缥缈
欣然如芽儿
安逸似星辰
从此吝惜絮语
不做知了

那年高考

江边

那一片榕荫

斑驳光影

涂抹着错节盘根

不理会小鸟的寻觅

更不想念驻足的行人

岁月让它无言

虽然采摘过阳光的鲜嫩

不曾留恋

舔舐过露滴的甜润

甘苦一颗心

最难忘的不是江水清纯

和风雨较劲

梦破碎

落叶缤纷

庇护不了彩虹的天真

天老不念人情

总是努力的根

对我来说

阐释了命运的寓言
如果还要借晨光朗读
不会再去江边
打扰了那片榕荫
于心不忍
老了成了寓言

那一晚

风悄悄
云朵飘飘
举目天涯
我的月亮躲在云朵里
悄悄
飘飘
是害羞
真美妙
月亮笑笑随云飘
今晚高兴
有人邀她喝喜酒
于是有了美妙
我的月亮躲在云朵里
悄悄
飘飘

那一夜你带给了我诗的早晨

沐着月光

数着星星

梦里阳光

那是我的故乡

岁月的灯影

温暖而亮堂

读着同一本书

才有了后来每一个日子的泪光

离开不是醒来

那一夜

你带给了我诗的早晨

南方，亚热带丛林的风

其一

有点腥

有点远古的霉香

阳光拨不开的晨雾

铺开诗笺

叶尖和溪流都挂满了明月的身影

风满载着

随心所欲地飘荡

看到林里的小溪

没有理由不拿起远古的那双桨

摇出丛林

摇向远方

亚热带怎么可以窝囊

悬崖前的彼岸

马蹄踏香

北方的鸿雁再也不管秋高气爽

早已徘徊在这梦中的南方

大海的涛声

不止一次地呼唤得乱云飞渡

天地苍茫

直到梦境中的红壤

长出了丛林的芳香

岁月才有了诗韵的悠扬

其二

年少时

你捻着胡须跟我们在竹林讲着月亮的故事

你泪流满面

我在笑

年轻时

你举起竹竿把云中的月亮撩下来

你笑着

我却泪流满脸

年老了

我欲乘风归去

你却刻意把我挽留在天涯

捞起酒杯中的月亮

动情地唱着儿时的童谣

朗诵着天上的云卷云舒

大江东去

千里婵娟

归去来兮

古驿道上汤老与你搀扶着谈笑风生

窦姑娘水嫩嫩的却也死心塌地追随

冼夫人

贵妃环儿

高山流水遇知音

我多想挤进你的心里

忘记了资格

也忘记了时空

幸好你让我惦记着

那一轮从西湖升起的明月

伴随着八千里河山

无眠的日日夜夜

影影绰绰

人怎可以不心系万古

留恋那岁岁年年的月光

风吹着

人不凉

驿道悠长

歌声悠扬

你若安静便是风景

绿叶
花红
果实
灯红酒绿
车水马龙
一切喧嚣汇聚里面
酝酿过滤
黑与白
绿与红
峥嵘而没了冲动
平和如一片霞光
无拘无束
远离那自由的星空
得闲相看
只见燕子呢哝
你若安静便是风景
忘我总在心中
绿叶
花红
果实
一切并不朦胧

你有阳光

你有阳光
不用质疑你的热量
寒冷的角落渴望你的光芒
别误会自己的善良
你的温暖直达人们的心房
你有阳光
也有翻不过黑夜的时候
把好玩的一面让给别人
月亮想你的时候心里更加亮堂
萤火虫也习惯在深夜带走你的梦想
你有阳光
好像满天空地挥洒
其实你最珍惜自己的存在
煤说她的故事那么精彩
几亿年来是树叶把你珍藏
你有阳光
注定奔向明天的天堂
你不会留恋昨天的晨曦
明天的早晨更需要你的光芒
一路梦境一路温暖　这就是阳光

鸟的故事

翅膀

拍打蓝天

借路不是向往

俯瞰寻找

悬崖旁　大树上

亲手筑起的巢穴

人说是殿堂

简单适用阐释漂亮

每一天

比太阳起得更早

转一圈还是回到故乡

寻觅从不落空

眼睛很小却也代表心灵

天生懂天养

无须琢磨天道

天无高低羽有短长

天不老

会老的是翅膀

云再美

不及林中的花香

这个没有神仙的地方

可以哭泣

可以歌唱

嘤鸣畅想

人为财死鸟为食亡

谁在行使话语权

真理不挂嘴上

谁人看

那把崭新的猎枪

子弹乱飞

翅膀不再扇动自由奔放

大树招风

高处可以瞭望

悬崖惊险却精彩

羽毛丰满

不为天空只为飞翔

暖心

萧瑟

凋零

太阳在南回归线徘徊

依然速递温暖

阳光始终牵挂着枝头

虽然春天还在遥远的路上

摇曳

舒展

寒风中笑容灿烂

暖心的花

依然绽放

偶感

生于斯

长于斯

烟火人间

一藤千结

是诗意

也是心事

落叶满地

曾经风采醉日月

红极一时

尚不问曾经

春华秋实

去留无意

此刻绵缠难解

万缕情丝

汇成一根深扎大地

但等明年泥土润湿

枝头挂满繁荣消息

应当称心

如意

攀比

你是你
我是我
他是他
同一条路上前后左右
没有更快没有更远
迈开脚步
都是时空的历史
你是你
我是我
他是他
同一个蓝天上上下下
没有更高没有更低
翘首以盼
人人有一个自己
你是你
我是我
他是他
同一种命运或顺或逆
一样精彩一样濒危
善待日月
唯情唯志

朋友

闪光的命题

森林中找到定义

长于山的崇高

美丽因为魅力

一棵树还有一棵树

许多树的相望

不是因为高矮

大树　青藤　小草

生长着春的意义

傲视长天无资本

可敬的是牵挂枝头的那一丝翠绿

许多树的偎依

不是因为距离而是位置

其实和人心一样没远近

可爱的是小鸟投林　花香千里

许多树的屹立

让悬崖没了恐惧

小溪有了不会断流的历史

尽管如此

更不因为风雷雨雪
从不轻视自己的落叶枯枝
翘望阳光就是高看自己
无谓跟狂风与火争鸣
鸟语花香　阴凉清爽
默默证明了上天的恩赐
硕果挂新枝
最美是连理

朋友，请让脚步慢下来

找着　走着

走着　找着

找到了　原来我是我的朋友

朋友　我想对你说　但愿你愿意听

世间的路山长水远

路上行人匆匆

总怕自己掉队

总怕失去前面的风景

总是闻鸡起舞

总是风雨兼程

汗水让道路泥泞

踏实的脚印模糊不清

总是担心前途渺茫

总是提速超越夸父

为理想戴月披星

总想摆脱命运的捉弄

总想光宗耀祖成为明星

远方的山　远方的水　远方的风景

时隐时现时远时近

慢慢地　慢慢地力不从心

心比脚步更快

快得过烟消云散

别让远山成为泡影

别让流水带走美景

忘却了生活　忘却了心灵

躯壳的车拉着躯壳的梦

吱吱呀呀离乡背井

辛苦了　辛苦了朋友

歇歇吧歇歇吧　朋友

大树下整理一下行囊　补充能量

屋檐下回望一下自己的心窗

怜爱一下门前那口枯井

别再悄然离别童年的梦境

别再狂奔逐日追星

朋友啊　请让脚步慢下来

与远方的风景保持一定距离

当知脚下就是前程

别只顾着自己赶路　弄得尘土飞扬

别忘却凡有生活的地方都有快乐的海洋

还有多情的歌声

朋友啊　请让脚步慢下来

在父母耕耘过的土地上照管一下新嫩的芽儿

哼哼留在心中的童谣

回味曾经的儿戏

南山就在眼前

有梦何必远行

平凡

一朵花开

不应该跟着另一朵花开

偏偏如此

所以平凡

没有平凡哪有春天

忽然风传来一串叨念

我本不是花瓣

为何如此平凡

平凡得让人看不见

花自豪地说她心甘

如果你不心甘

就把我带到远方

这是春天给你的机会

平凡里有你的不甘

瀑布

腼腼腆腆

跌跌撞撞

一路向前

高山密林

不留恋

鹰在悬崖枝头上惊鸣

猛烈的风也阻挡不了她

纵身一跃天地间

柔嫩的心化作永恒的圣洁

炫耀着

挂在半天

阳光和虹为她奉献七彩

最美处

落差造就了向往的完满

意想不到的是那一汪清潭水光潋滟

锦鳞不争

轻快畅泳

世间若还有美梦流淌

湛蓝荡漾

恬淡安然

风在空谷中徘徊

鹰得意地盘旋

她还是腼腼腆腆

跌跌撞撞不改初衷

歌着舞着

一路向前

桥

其一

精明的蚂蚁为了耕种彼岸
沿着倒下的树找到不被洪水冲走的快感
于是有了人的模仿
彼岸花开是远方的召唤

其二

路奇妙地短了
远行的梦轻易实现
寻找和承载故事
不只是寄托天边的帆
明天开始不再蜗居
旅途开始了浪漫
泅渡变成原始的体验
行走在江湖之间
日月有了更多的挂牵
渡口的等候再也没了身影

翘望被更新了内涵

其三

一帆风顺
一路顺风
跨越
有了行走的规矩
自由不是朦胧的远方
柳暗花明
资源共享
桃源梦境不会有太多的悬念

其四

走过万水千山
方知人情梦牵魂绕
梦断康桥流水枯
不及鹊桥相会天河倾
更有一桥架东西
两岸相通
环球共凉热
从此天地人月共圆
并非多情想象
海峡本无间

秋

风
带走了落叶的遐想
在很远很远的湖面徜徉
游弋的鱼儿有点开心
美丽总是这样邂逅
惬意相伴无须言语
落日的心情彩排着波光
风
在湖面的故事或许很短
很短
渔火带走了更多的遐想
只剩下月色荡漾
荡漾

秋岸

天光

云影

一卷华章尽雅趣

水静

风轻

任君独步流连秋岸

小草盈盈

小花温馨

一脉情愫不比高山大海

心有意境

独钓一江安宁

自然

淡定

让岁月萌发天真

一路走来

跋山涉水

不知何处清泉濯足

望星空

流云不解人意

还是低头只顾前程一事

自始至终

这场经历难免风霜雨雪

命运若随人心

脸上那皱纹怎炼成此生谜底

叨念孩提趣事

万般风流不及稚嫩写意

憋足劲儿

让岁月萌发天真

活好一茬是一茬

要知道多虑是累

一瓢一箪未必是乞儿

烂漫日子

长胖了那一点一滴

便是英雄壮士
不用人笑我笑
弯了腰
点头称是

人

站着

阳光被折服

影子把你的世界解释个透彻

脚下的土地崇高起来

挡风遮雨有了高度

温暖汇聚

站着

目光便有了远方

影子的追随给了你一个明白的意义

无论到了哪里都展现神奇

属于阳光的日子就有了长度

美不离不弃

人生

色彩斑斓的原野

欲望不是阳光

春风随意而去

没有刻意理睬鸟语花香

行云流水从不沉醉想象

每一个时辰的精彩

花开花落便是芬芳

顺着那弯曲的小路留下脚印

前方不远

不要驮着包罗万象的梦想

翻过山尽可以歌唱

无非风景

在日月之间圆场

一转身便是亮相

头颅高扬

先为自己鼓掌

人世悟

风云乍惊

落魄人淡定

旱天雷鸣

不关江河东去

日月经天细思量

人生只是一命

悄然运转

不必泾渭分明

模糊意境

稔熟不如生萌

内心澄明

今生来世益自清

一片独好风景

无限温馨

人总有伤痛　就像原野的花朵

人总有伤痛

就像原野的花朵闪亮

一朵一朵

不分春夏秋冬

开了又来　来了注定开放

一朵一朵心情舒畅

拥抱阳光

亲吻大地

花儿开着你就不败

花儿谢了你就胜利

花儿怎样开你就怎样向阳

花儿怎样谢你就怎样亲吻大地

没什么　在通往明天的路上

有力的脚步是对你崇高的证明

血印的旅途烂漫天真

爬着也要前进

原野处处鲜花芳香

日月去还留

日月去还留

淡定笑风雨

本来满世界

何惧无一物

日月与人

静悄悄
静悄悄
黎明子夜都是静悄悄
斗转星移谁弄琴弦
晨光是对世界的关照
一弯月牙更使夜温柔
只是人为心愿唠叨
瞎忙是追寻还是享受
本有日月的陪伴
静悄悄
人心应充满暖流
怎知翻来覆去成习惯
浸润出一派茫然
静悄悄
静悄悄
日月不懂人心事
人心可知光阴无烦恼
了得
得了
听风吟哦欢笑

日子是什么

日月明白

悟更糊涂

总以为过好了每一天

其实不懂日子

睡醒之间没了自然精彩

不知所措地自以为是

串联着每一次的日升月落

今天是昨天的轮回

明天从不理睬你的到来

却是步履匆匆

追逐着飘扬的旗帜

忽然间的明晃晃

青丝换了白发

何去何从

前后顾盼左右

上下游弋

找不到出口

忘却来由

天地寂寥

只是人多感慨

晨昏明暗

过腻之后一场痉挛

美梦轻纱层绕

过一天包裹一天

严严实实满以为自由浪漫

到头来烟消云散

还原蓝天

迟暮没谁管

有心耕耘意境

果实并非欲望

萌生枯荣不是想象了得

点滴毫厘　乾坤无须把握

荷一锄翻一亩

淡定笑风雨

拿捏江山田畴倒影

别琢磨时光

心情美景

怎么可以囫囵吞枣

风尘不当餐饮

摸爬滚打还是一生半壶

滋养方寸

是爽最爽

如果精彩

嫩芽是红秋的诗篇
如果精彩
不因为落叶
舍不得伤痛的怜爱
种子该如何表达
如果精彩
一切随风去来

若期待　便有春天属于你

生活的深处
并不虚无
就像我的眼里
深藏着你的期待
把脚踮起
让心眺望
若期待
便有春天属于你

若是花开　未必惊艳

一棵树的生长
是因为召唤而淡定
从未考虑阳光与风雨的馈赠
热衷于每一片叶子的故事
一片一片
一丛一丛
荫庇着美梦
芳香飘逸　心情随风
才知道纷纷扬扬无暇回眸
若是花开　未必惊艳
媲美峥嵘
颜色是天意
无须总念万紫千红
与春无争
剔透玲珑

若仰望　你就是那颗闪亮的星

满天星斗眼花缭乱
遥远的微光不能照亮你的前程
别刻意寻找
若仰望　你就是那颗闪亮的星
它在你的路上
它属于你的梦境
如果要别的明星代替　上帝也不会同意
你相信你是发光的
你相信你是永恒的
珍惜你的自在
珍惜你的激情
升起了就不必彷徨
太阳也是你的同伴
流星也是你的知音
旅途上你尽可从容淡定
因为你永远是照亮自己的那颗星

三人行

三人行必有我师

倘若如此　命该得志

满林子的鸟

自鸣得意之后谁还拜师

一个人

难的是做一辈子学生

曾经被梦想所迫

挑灯苦读

学生磨成了先生

道貌岸然　不关风度

用心聆听失知己

嘤鸣啾啾

晒

趁阳光兴致勃勃

翻箱倒柜

一股脑儿把珍藏捣弄得叮当响

梅雨季节让人遐想

热情分享

惹来围观

无意中空空晒场

耍猴的却是笑声朗朗

你真棒

腼腆地收拾摊档

趁阳光兴致勃勃

翻晒好潮湿的行囊

用功远行

无谓赶场

山水分明无意境

远山黛

近山青

水绕山环不照应

逶迤轮廓横天际

雄峰万丈云雾锁

朦胧之处藏风景

若得精神读山水

心平静

气更定

山水分明无意境

平生衡量靠人情

当知人情即山水

何恨叶落草凋零

山语

影子延伸
当知沉默的分量
从不轻言天高地厚
坐落哪里都是稳稳当当
宽大的胸怀
自然把凤凰隐藏
却从不拒绝鸟雀的向往
五岳嵩峦天下景仰
巍峨独立
笑对周遭变幻
云卷云舒深谙雨骤风狂
始终赢得无限风光
横亘东西
南枝向暖北枝寒
一样春风有二般
气魄酝酿使得温柔响亮
活于天地
不求天地的赏赐
顺应季节精彩　一场接一场
海拔成就梦想

深夜听雨

夜深微凉

醒来无睡意

闭目竟是平生浮现

不是故意琢磨峥嵘往昔

情怀自然涌动

任意排列故事

无论精彩与否

没了美梦并非故意

忽然窗外点滴

轻风似卷帘

疏远如丝

撩得人心嘀咕

无意间

风雨猛然侵袭

天籁顷刻碎裂

本初宁静荡然无存

被窝紧裹

思绪万千倾泻

从未生长的疑问

逐一而来

图文并茂竟被这狂风暴雨打湿

概括无从入手

原本四季变换

昼夜更替

天地从容

却是免不了风雨如注

依稀

思想激荡之时

没了骤雨

只剩屋檐轻点慢滴

凉意回暖

心语更随意

忽然见得窗外熹微

故事乏味处

会心一笑

人生如梦原来如此

风雨过后

又生睡意

生活让我充满期待

有期待就有力量
生活让我充满期待
她让每一个日子变成诗篇
从此有了充满稻香的日子
有了母亲的笑容
有了孩子的美梦
期待是一个心灵通向另一个心灵的桥梁
一切美好的日子都从这里走过
通向未来
走进殿堂

生活

看上去

是花开

走进去见花落

留香馥郁

看上去

是花落

走出来是花开

清风吹过

春夏秋冬总关风雨

换了日子

风景依然

早知花开看花落

芬芳流过

生活给了我很多

我给了生活什么
生活给了我梦幻之光
拥有自由的天空到处飞翔
给了我脚踏实地的力量
生长了我每一个甜酸苦辣的日夜
生活着
到处有我的花朵盛放
无论艰涩与芳香
生活着
到处有我的憧憬蕴藏
即使风雨
彩虹也高挂我的希望
生活着
阳光星光沐浴着我
我不再叩问快乐与幸福
不再回避苦难与渺茫
可是生活着辗转每一个日子
我给了生活什么
萤火虫以它的那点亮光

燃放了它的夏夜梦想
不管夜的长短却是诗情画意的一生
乌鸦吃过腐肉长出了它乌黑的世界
当然眼睛还是雪亮
视野让它的世界美丽而宽广
生活给了我很多很多
可是我给了生活什么
生活五光十色
可我不能只是以我的生活回馈母亲
我的生活不属于她
生命才是她的
假如人生只是苟且地活着
母亲在天国也会彷徨
笃定人生要活出色彩与坚朗
哪怕像萤火虫和乌鸦那样
成就一个微不足道的梦想

生活最美在他乡

落叶一片一片
追逐着
年复一年
树荫下沃土肥田
一只鸟儿嘴含果实飞向天边
大树越发繁茂
鸟巢好多
一群群的鸟儿还是飞往天边
彼岸种子发芽
懒叶一片一片
吸足阳光雨露
不倦的鸟儿又飞向天边
好大的森林
落叶又是一片一片
追逐着
彼岸已不再是往日的来年
幸运的是
鸟儿还是忘我地飞向天边

失落

支撑起一树春色

才有秋的果实累累

晒晒甜美

吸引四周嗅觉

无可厚非

点赞不是为了分担

被选摘的感觉是何种滋味

曾经的高高挂起

蝶弄花丛

如今零落叹悲

拿捏拿捏

原来是攀比枝头泛酸味

幸得大地无恙

用心发芽

更支撑满园春色

风流再会

诗美不只有花香

栖居丛林

诗美不只有花香

缤纷色彩挡不住清纯绽放

心灵温暖的巢穴

梦睁开双眼

凝视着或明或暗的阳光

初啼的声音

动人旋律天地回响

这丛林

诗美不只有花香

飘扬遐想牵出山谷的彩虹

翅膀拍打蓝天

盘旋是最雄健的飞翔

云霞雨醅

愿望成长是故乡

茂盛溢芬芳

诗是赤子

诗是赤子

诞生于心灵

行走在时空的每一个角落

播洒光明

从不隐藏

从不狰狞

温暖如四月的风

醇美如酒却给你无限的激情

诗是赤子

忠诚是生命

活在每个人的生活里

爱憎分明

没有自我

只有个性

美好如天地的精灵

深情如海

诗是我生命的主角

在这个世界

我从未做过别的主角

舞台宽广无垠

太多的舞台创意

所有的道具都属于精心策划

让人遐想的脚本早已成了无味的梦呓

等我出场的时候正好谢幕

其实曾经的千百次彩排

都不足以成为故事

那一场跌宕起伏的戏

生命已经习惯疲惫

今夜霓虹四起

忽然有一个声音

颤抖着告诉我

你不必再手舞足蹈

此刻眼前的灯光太美了

我却一个人站在宽广的舞台中央

我矗立如灯柱　光芒四射

这辈子第一次看到观众

虽然幻觉中没有掌声

无数的目光却注视舞台上唯一的主角

我自豪地朗读着刚刚出炉的诗

风景让我陶醉

悄然顿悟

原来诗歌表达的是真正的自己

舞台上好不容易

尽管如此也不能放弃

主角让我拥有美丽的光环

五光十色笼罩舞台

如果你还是不能出演自己

其实也有道理

诗意栖居

经年累月
总是踽踽独行在寻找的旅途中
没有疲惫的风雨
出发就是为了赶路
远方不因为远行
梦是自己最好的邻居
收获星辰的种子
把塞满阳光的行囊背回家
暖透所有的故事
分享每一个明天的旭日
每一次春天的播撒
都成为花开的回忆
又是经年累月
不只是风雨旅途
远方的路和回家的路
都不是天涯
出发的地方
最是风景秀丽
可人之处
诗意栖居

诗，原来是夜的倒影

一万年的寻找

这一刻

我的心在颤动

一切的美丽竟变得那样浮华

那些曾经

总在大海和高山之间穿梭

总在花朵与云彩身边含笑

寻啊觅啊

蜕化成远方的谜

哎哟喂

你来了

诗，原来是夜的倒影

难怪我的灵魂安然入睡

舐犊无言

一路走来
春的河岸已经返青
水面微澜
清澈见底
为一口甘泉
舐犊无言
这犊儿出生才三天
还不懂远方
没什么想法
应该也不怎么饥渴
或许母亲一个喝水的范儿
就是一生的叮咛
奔跑原野的故事
现在开始

世界有你而精彩

春风十里

天长地久

花开花落

故事如酒

这世界你是主角你精彩

天上有颗星

那是你的身影在闪耀

地上有滴露

你酿出的酒谁个不醉

你心灵有光　夜空美丽

酒的醇香溢满人间　爱相随

春风十里

天长地久

世界有你而精彩

守候

为那片叶
一滴滴
从天上落到树上
一滴滴
从树上落到地上
似乎是心语
原来是天籁
根对叶的情愫
来不及遐想
只有凝视
只有雨滴
一滴滴
从天上落到树上
一滴滴
从树上落到地上
根就有了
希望的故事
不再飘零
不需要云梯

凝神屏息

浓绿处

鸟窝有了响声

满林子多了欢喜

谁伤河山不心疼

近山不枉烧柴

近河不枉洗水

青山绿水　人间有福

不要挥霍自然的慷慨

忘记一路走来

当青山不再

谁与你倾听天籁

当绿水断流

家园凭什么灌溉

这才是命运

人与山水相逢不相爱

空悲切

自然不懂无奈

谁伤河山不心疼

留给子孙是悲哀

觉悟至此

青山绿水才有未来

撕日历

一天一张

一张一天又等那一张

心里最怕那个日子溜走

虔诚地将它摆放在最显眼的位置

为耕耘

为怀念

或是为一个仪式

时间从来活在开始

轻易一撕

揉一揉随意塞往心里

春播夏种不会忘记

灶膛里的火焰早把生活蒸得熟透

所有的味道堵塞在心里

打嗝后又想起该撕下新的一页

过些天还有一个隆重的仪式

琢磨一下来年依旧

该告诉那些朋友和亲戚

纪念的意义会写进日记

雷同的日子不是发霉就是发腻

麻木的心情翻不开苍白的记忆

生活还在继续

掩饰制造警句真是得意

明天又得撕日历

每天一壶茶

爽时一杯酒

咀嚼那陈旧的故事

唇齿留香时恍然大悟

过日子不是翻日历

一辈子必须出息

要么不同凡响

要么销声匿迹

还撕什么日历

思之乐

为真谛
寻找最好的种子
未必是为自己的耕耘
土地属于更多的期待
珍藏馈赠给奉献
春风带给秋天笑容
那才是安逸
享乐

速生桉与土著林

有一种生长是为了满足欲望

有一种生长是因为自然

有一天天还没亮

速生桉占领了土著林的家园

一望无际的绿盖地铺天

叶笛声是那样撩人

风中舞姿舒展妙曼

欲望的美丽是那么的简单

可祖先的林地被侵蚀殆尽

花儿和蜜蜂绝望般地感叹

速生桉怎么会理睬土著林的命运

自家的山野怎么疯长别家的林子

崇山峻岭一片茫然

难道那多姿多彩

抵御不了速生桉的简单

随记：自然选择，物种生态和文化生态都必须多样性，不能单一，
单一将会走向灭亡。

台风

童年

眼睛不时望向天空

那个夏夜睡着

突然间我看到了亮光

砖瓦没有了

床的周围都是黑暗

狂风竟然将天空砸到我的脸上

生命中的第一次惊恐

开始撕扯我的梦

之后每年都有这种经历

那种摧枯拉朽的冲动

把我抛进火焰般的气旋之中

扶摇羊角属于大鹏

我没停止的却是一腔热血沸腾

如今老了

总是回味最过瘾的事

还是伸起童年时的那双手

搅动那片猛砸下来的天空

态度

让生活求证命运
犹如秧苗求证阳光
雨露无法回答成熟
原本的气息
酝酿你生活中的阳光雨露
其中的简单
可想而知
历史和未来的故事
最生动是证实你的态度

天真

凝视着浑浊的小河
有期待有紧张有爽
怎能如此简单
我的一根钓竿让鱼儿离开了自由的地方
其实鱼儿是有智慧的
如果不是贪吃怎会上当
我笑鱼儿天真　不知人的圈套
细一思量还真好笑　我那天真的模样
哈哈　爽还是不爽

听说你要绽放，我便来了

春天发来消息

让我开心　好开心

眉飞色舞的雨点

娓娓讲着家乡的故事

嫩芽儿都攀爬到天边

和太阳公公合影遂了心愿

染透晨曦的风儿

在山野河岸奔走相告

花蕾已经挂满了草丛树林

露珠也穿上了节日的盛装

人们正忙着把风景寄给远方的情人

听说你要绽放　我便来了

啊　真好　你的笑容挤满了我的心

同学

为了一个梦

你我一同走来

老师给了桌子

还有深情的目光

睁大眼睛第一次看世界

高声朗读祖辈的故事

笨拙书写着自己的未来

就这样别别扭扭

同学一场

人生开始精彩

为了一个梦

你我分开

道别老师与讲台

含泪走向天涯

歪歪斜斜的脚印注释了前程

岁月的刻刀深深浅浅留下无奈

同学相见

最美是从前那双眼里泪花盛开

为了一个梦

你我再聚会
风雨之后那梦还在
只是梦里渗出甜酸苦辣
曾经稚嫩不识好歹
如今共叙
一匹布的故事
精彩的是我们有了成熟的爱
落地
生根
诗意栖居

无题

闭目养神

季节的音乐漫过

林间田畴

远黛近青

云霞流芳如画

庭前简朴

风轻香淡

独身其中

万物和谐共醉

无须着意相视叙话

天地明了

顿觉心中无物

如此得意

今生最是奢华

来去自由

神思飘扬

何处桃源摘果

还是门口石凳当坐

忘了他念

爽乐爽乐

晚霞蝶舞

夕阳美

万顷红霞染天边

心情爽

举目追余晖

向晚一曲随风吟

生怕不留恋

怎知情景更美妙

彩蝶翩翩飞眼前

有心向境界

无意是黄昏

难得瞬间是永恒

蝶儿懂人心

问

静看天空
静候天籁的意义
其实
心以外的世界比心简单
却要苦苦寻找那个目标
苦苦叩问那些日子
若隐若现的那个境界
总带上你的心远离
把你的梦留在期望的低谷
不相信结果
勇敢地播种泪滴
平庸的故事硬是被美好地录制
这样能否远离影子
怎可以如此浪漫
远行的疲惫
让回归迷失方向
如果再来追求
一定是
静看天空
静候天籁的意义

我从远方来

我从远方来
为何再回到远方
即使是宇宙穷尽处
那是我最熟悉的地方
虽然美妙得令人神往
但我不会依恋
可以让我驻足的土地
那才是我的梦乡
她一点也不遥远
那是家乡　我的家乡
因为深爱　也便遥远而陌生
是她拥有我的未来
每天都吟哦我身边的故事
抚摸那悠长的梦想
山高水长怎可丈量
唯有跟随日月
凝望心中的家乡
思念是那么的遥远悠长
悠长

我的大海模样

从来不曾理会天空发生的一切
日月星辰随波荡漾也没有什么秘密
引吭高歌　风才知道什么是好音乐
湛蓝利用阳光让深邃藏满故事
对岸的依恋使心灵纯洁
白色婚纱不是献给新娘而是为了自己
涛声依旧还是依旧
没有更有趣味的日子
潮涨潮落才知道活着的韵味

我梦想去火星种地

祖先说过

到山那边不容易

祖先说过

大洋彼岸有可耕种的土地

离开家门天涯咫尺

落叶归根故土难离

习惯了眼前的春夏秋冬

不知远方还有寒暑易节

山那边是小河

小河边是田畴

那里有世代耕耘的梦境

一望无际的金黄原野

让人留恋的土地

乡愁依依

忽然我感到疲惫

云彩在眼前浪漫飘逸

明媚的阳光里

我看到了天边稻田春水欲溢

在不遥远的将来

站在地球上映入眼帘的是火星的田岸

祖先耕种的故事正在那里芬芳演绎

还有我的世外桃源炊烟袅袅

经历过千秋万代的磨砺

生活的可能已经过去

魅力在于开始不可能的经历

火星上种地

那里将播种我的愿望

晨风习习

芽儿嫩绿

我在风里走过

朝霞染透晨露
小鸟早已在树丛里唱着
小路横过小河和小河一样通向远方
此刻我在风里走过
走过我童年的梦想
走过山野的芬芳
一切的记忆是那么的肥沃芳香
抚育我的梦想生长
更有那身边的一切都在轻轻摇曳
风让我的小路充满阳光而且悠长

悟老子问水

攀登青山随心去，
忽然听得流水歌，
苍茫大地起昆仑，
龙腾天地入南海，
激动扶摇羊角，
弱水三千一瓢飞洒五岳峰巅，
精神万顷浩浩荡荡，
九州汇流脉脉相连，
源于天聚于地，
可有可无成大道，
可大可小造化转，
上善若水哺育万物，
迂回一路藏经典，
人间成败归自然。
路行万里甚迷茫，
脚印凌乱怎向前？
善哉善，
善善哉，
善。

星语

宇宙无垠

星辰无数

不是每颗星星都有花开

只是各有各的天涯

明与亮

黑与暗

虚实共存

时间让一切悄然消逝

运动让一切悄然诞生

毫无保留才是永恒

遥远

无止境

不懂不等于神秘

神秘的是人心

天宇清楚

人心无岸

星语

心语

一样的精彩

不一样的存在

夏日清晨

气微凉

雾轻薄

满目青翠山郭新

小鸟啾啾

蝉鸣一片

昨夜无梦今朝醉

睡还醒

看惯金光红霞

恹恹神倦

此刻身置清纯

怎能不惬意万顷

深呼吸

过足瘾

诗思成虹

绿野仙踪

夏季的雨

真的

闪电领悟国画的真谛

研磨出满天空的浓墨

饱蘸着阳光

泼向大地

家乡的风景顿时被渲染得撼人心魄

千载酝酿　一朝勾勒

巧夺天工

卷轴无人匹敌

恣意挥洒

铺天盖地

谁画水墨河山

豪雨成就江南

掩卷诵诗

又现晨曦

畅想天际还是那轮旭日

至美夏雨

夏夜梦

从来没有忘却夏夜那点微光

只有星星的夜空我不习惯

静静地坐在门前那童年最喜欢的石凳

故事和汗水还是渗出来

仰望着深不可测的星空

急着寻找的是童年的萤火虫

眼前的夏夜少了曾经的激动

天幕那点星光还在晕眩般闪烁

近处却一片漆黑且没有风

怎么不见了我的萤火虫

当年山村的那个夏夜

萤火虫是我充满魅力的朋友

从远处飞到眼前

从眼前飞向远方

快乐因此无穷

我追随着那一点微光长大

生命中不可忽略的微光

那一点微光点燃的快乐

都市的孩子怎会有体会

那一点微光让我的梦亮堂

难道那点微光不再属于夏夜

没了它

远近的几声虫鸣有点可怜

难道那点微光不再属于我

人老了夏夜也老了吗

没有萤火虫

这个夏夜还怎么做梦

世界发生了什么

不见了萤火虫会如此惊恐

遥远的星光不会理睬

还是问路过的风

风摇头也说不懂

我开始迷茫

萤火虫

你曾是我快乐的伙伴

希望的梦

你怎可以悄然失踪

此刻只能想起城市的霓虹

再没有萤火虫照亮我的美梦

夏雨

芒种之后是夏至
那是天空对大地最深情的日子
云彩把阳光打扮得异常美丽
风披上激情闪烁的新衣
迎接一场一场真诚的馈赠
每一颗醉心的雨滴
都让新娘子喜悦
大地为之酝酿着甜蜜
树叶　草尖　果实
一切的翠绿和金黄
都凝聚着感恩的情愫
一滴滴　一滴滴
璀璨晶莹
浸润大地是她的柔情与纯洁
最初的飞扬
汇聚浩荡奔流
此刻却是悄无声息
完美正在经历
生命里有了热血
那每一颗醉心的点点滴滴
还是点点滴滴

乡村谣

夕阳西下起苍茫
寻常巷陌秋草黄
风沉不见炊烟起
只因土地收成薄
厌倦瓦屋睡木床
吃粥食饭不计较
一心想娶靓新娘
少年进城寻梦想
发财忘了家乡路
最想当年穷也爽
满村鸡豚打闹声
童叟门前讲故事
家家张灯饭菜香
其实如今时代好
乡村更有大希望
少点浮躁多用功
从头计议发展纲
汗水飘香天不忘
青年有志传薪火
故土更比城市旺

相约期待

并非只有知己良朋的相约

心中有高山海洋

有星辰明亮的天空

有无数的身影在歌声中荡漾

岁月公主在丛林里孤独地徘徊

流水的欢腾未能轻抚她的心弦

其实她明白自己很快要远离故乡

寻找山外的壮丽

寻找大海的涛声

寻找星辰背后的深邃无垠

丛林属于你和她的家园

当你首鼠两端的时候

她迎着风

向着山那边永不回头

为何你总是躲在旮旯自怨自艾

同一条路怎却是遥远

没有谁能撮合孤独的风景

其实你可以相约期待

期待不是等待

丛林的美梦从来没有法则
尝试离开高山才有远方的希望
相约期待
通向未来

享受命运

落地哭三声

好丑命生成

睁开眼

人生的路开始与江山相连

跟日月对接

每一天

每一刻

历经温暖寒冷

风雨彩虹

万物峥嵘　世界是满是空

坐拥江山不是梦

别回头　脚步度前程

日月照心中

美与丑

富与穷

点滴华光相映

甘苦尽在其中

趣味淡浓

舔舐惬意

端正立足天地
望风云翻卷
耕耘播种自是成功
一粟尚存
经春则萌
此生摇曳
从容
从容

小满

踏过青葱

安静伫立

微澜荡漾

淌出一片天地

无是无非

囊括虚实

悄然混生悲喜

滋养两岸一点一滴

含蓄翠绿意义

倒影只是别人的新诗

云彩扬起风的飘逸

上下几千年回味

茕茕孑立

然逝者不逝

小满清丽

小河

一条小河

清泉汩汩逶迤如练

没有时尚的浪花

河岸倒是缀满了茵茵小草

七彩的小花一点也不张扬

一代一代

小河流过我的家门前

灌溉着一爿一爿并不丰产的土地

可也粗茶淡饭

笑语喧哗

我有今天的逍遥浪漫

是因为小河的倒影总是闪亮在心间

无忧无虑的流水

始终往低处淌去的善良

够我世世代代享用的甘甜

这美丽的小河

幸福快乐的小河

与我的家园共阳光同风雨

土地虽然贫瘠

她有足够的耐心滋润我的心田

寒来暑往的耕耘

秋收冬藏的自然

小河始终美满

波光粼粼

我爱你　这不舍昼夜的小河

我的儿孙也爱上了你

像一首童谣

你是家园永不枯竭的小河

叮咚向前的甘泉

小暑夜雨

夜
钟情于黑
黑得出息的时候
雨
从不孤单
风把声响染得凉透
滴沥的旋律
让醒来的梦色彩单调
同样是黑
凉透

小溪语

留恋不如远行
在高山与大海之间
不能逃避的是命运落差
山水相逢不相牵
千拐百弯也向前

谢我的学生特意为我聚会

数九寒天

在我最需要温暖的时候

你们的真情是我的太阳

任凭狂野的北风肆虐

吹不走根深叶茂的怀想

从那年开始

一路走来

无论隔壁

无论天涯

爱的温暖抚育着我们的梦想

心灵相融的课堂

教学相长

是爱让我们书声琅琅

每一天你们总要把朝阳抹亮

总要把星光珍藏

在我翘首以盼的时候

渴望抚摸你们快乐的脸庞

无论你们如今长成高矮

不谈你们的惊天动地

人生的辉煌皆在你们的温暖和爱里

如今我虽青丝染霜

你们依旧是我八九点钟的太阳

永远跟随你们

在那歌声嘹亮的路上

谢谢了我的同学

谢谢了那个升起太阳的课堂

心不明亮天不开

阳光也有无奈
心不明亮天不开
云彩总是随心所欲
风雨如晦去复来
人间何曾没有阴霾
看周遭飞舞尘埃
咫尺天涯茫茫大海
东寻西觅彼岸梦在
忽然明白
心不明亮天不开
点燃心灯照未来

随记：要常燃心灯，给它添油，这油糅合着生命的内涵——坚毅的性格、美好的品质与情操，还有梦想。珍惜它所带来的温暖和光亮，人生就不会迷茫，幸福和快乐也会围绕着你。

心船

一叶扁舟

从远古的小溪划来

浪尖弄潮

龙舟竞渡

谁知刻舟求剑意境美妙

含蓄尽显风采

下西洋

潮流浩荡万里澎湃

鲁滨孙漂流

独木舟寻找一个时代

人的故事离不开高山大海

念想间

忽见孤帆远影

日边蜃楼欲何往

那座灯塔是父亲的目光

那声呼唤是母亲的期待

天涯出发

涛声依旧

每一朵浪花为风雨而开

带腥的梦境留给浩渺烟波

日升月落云霞变换

情怀因海鸥欢鸣而自在

从容挥桨

桅杆当竖未来

船影即彼岸

优哉游哉

吾去犁海

浪花正开

心盲

天空也会失明

何况人乎

但光明是永恒的

看不见世界的岂止是眼睛

感受生命有很多方式

即使不能体会阳光洒下的颜色

发现生活的美同样有很多途径

眼盲看不清事物的表象

心盲看不清事物的本质

甚至更爱戴上墨镜

自以为是个性非凡的明星

眼盲是肉体的残缺

心盲是灵魂的坟墓

即使戴着洒脱的墨镜

也不能证明你拥有生命的光明

心窗不需要装饰

谁都会邂逅黑暗的日子

内心光明才能照亮生命

人没了心盲

他的天空当然不会失明

新年观察

过年了
谁都有一颗太阳　晒幸福　晒美好
你的内心晒得最多的是什么
成功
失败
责任
愿望
成功了别傲慢
失败了别灰心
关注自己太多
未必得到太多
万丈高山不离沙
滴滴水珠成大海
未必拥有整个世界
世界始终因你精彩
一切都因成功和失败
一切都为责任和愿望
如果你陶醉于成功
孩子的习惯是最准的秤杆
如果你怨恨失败
孩子的行为将注释你的过程
如果你有责任　孩子会因你关注一粒沙
而更珍惜一滴水
如果你有愿望　就让孩子从小和文明在一起

心 田

轮耕

深耕

分享阳光雨露

土地更出息

良田肥美

不能反复折磨

方寸间别塞满种子

空闲处

可见万顷繁茂

耕耘播种巧抚育

等来年五谷丰登

芬芳馥郁

另一爿

又在深耕改土

田园如此

人心不会荒芜

心土

天

依然那样苍茫

辽阔深远

只是曾经的风雨

还在身边

拍打着那块神圣的土地

目光被淋湿

滋润四季嫩芽

田岸红绿随意

习惯贫瘠

新野孕育着原始

抽穗扬花

生生不息

缠绵总有故事

最是牵挂那颗种子

还记得

枝头结实

心语总是无题

冬天来了春天还会远吗

树叶噘噘嘴　飘零才是我的远方

崖边的奇葩埋怨太寂寞了

春光这么好没人欣赏

小河弄着心弦　枉有清纯叹凄凉

白云亦不留恋情歌对谁唱

彩虹的无奈无人能懂

她自怨自艾起来惹得人怜爱

活一生只是为了思念太阳

磐石一出声你就会吃惊慌忙

一辈子没离开过山沟

难道粉身碎骨是英雄的梦想

青蛙在翠绿的田野上气喘吁吁

吃饱了撑着的这种辛苦不是你能想象的

…………

人间行走细思量

有谁何曾不是如此

随记：人往往放大自己的弱点来认识自己，脱离自然，脱离自身的条件，错误地认知自我，总是不满自己的际遇，因外界对自己的不理解而感到苦恼，缺乏随遇而安的能力。其实不管在什么环境和条件下，都要好好成长，有时候虽然不能自己选择生存和发展的道路，但要懂得顺其自然，适应变化，百折不挠，忠于脚下的土地，不忘初心，勇往直前。我们要快乐，要实现梦想，梦在心里，路在脚下，不必自怨自艾，总是拼搏奋进，坦荡面对一切，这也是一种成功。

诗中的树叶、奇葩、小河、白云、磐石、青蛙，分别代表了不同的人群及心态。

心中的歌

走遍世界，

天涯孤旅，

脚下的土地，

最美还是故土，

难离青山，

难离小溪，

难离童年的游戏，

难离茅檐底下的风雨，

难离甜酸苦辣的泪滴，

缠绕一生的眷恋，

还是母亲的银发青丝，

牵动我所有的苦难与美丽。

回归故里，

母亲的游子，

手中的酒杯，

最甜还是故乡水，

不舍花儿，

不舍小鸟，

不舍曾经每一个日子，

不舍坎坷路上的身影，
温暖终生的故事，
还是对母亲深深的回忆，
成长了我一生的荣耀与幸福。

星光

她属于黑夜

才有我的仰望

那耀眼的光芒早已出发

你触摸的或许是已消逝的明亮

无意经过所有的梦乡

流星似乎正解释去向

没有云彩的天空如此灿烂

交相辉映只是童趣

无心成为那颗最亮

天幕是挽留美丽的假象

宇宙的深处有多深

仰望是因为我目光短浅

对于她你怎么打量

出发才知道背后的遥远

让心跟着她飞翔

星光属于黑夜

初衷不改

轨迹不变

白天你找不到我

不是我胆怯躲藏

我知道太阳的光芒

才能照看生命的花园

怎可与之争锋逞强

白天来了我会让出天空

我是星光

属于黑夜

不是我渺小

更不是我无能

我的梦在夜晚才能发光

才能找到惬意的感觉

无论时空

太阳是我天生的知己

无论容颜

从不吃醋不毁谤

谁也不会折断谁的光芒

同属一个天空各自精彩

自由飞翔

默默俯视　深情仰望

昼夜不是分割而是分享

你是太阳

我是星星

白天黑夜

天幕随想

寻找

回忆

找不到坠落的曾经

因为它已经属于别人的曾经

遍地都是草木繁盛

有了阳光就有了身影

如果不放弃曾经

拥有的只是飘零

走过万水千山

路上

已经上路

即使没了脚步还有肩膀

扛不起大山

也扛不起别人的身影

可还扛得起阳光

扛得起梦境

不放下目光

就有了最美的前程

阳光与春风

承担着太阳的光辉

活出生命的精彩

分享春风的美好

渲染出每一天的色彩

承担不只是肩膀还有脊梁

向前的时候腿还不能抖

活出的亮光重于泰山

泰山在前　春风扑面

没有理由不去接受阳光

没理由不去分享万紫千红

每一朵花瓣都流露真情

每一片绿叶都默默奉献

没有祈求但春风自来

唯有汗水和雨露让人生盛放

有阳光就有春色

承担着阳光前行吧

春风从不晚来

仰望星空

适逢流星飘坠
梦幻的光划破天际
有人说是幸运
甚至代表爱情将至
谁知耀眼之后
再也没有动人的消息
宇宙顾不上你
转瞬的痕迹
凭什么铭记
激情亮丽
燃烧不是专属的权利
灰烬谁能惦记
怎可以
怎可以随便放弃自己
没了轨迹

野葛花

金秋来临

河岸山冈

美好的景象中

你自由盛放

不拒绝艳丽

那样妩媚含笑

面对荆棘不彷徨

没有崇高的攀登

也没有缠绵的浪漫

一根藤还是一根藤

悄悄地

轻轻地

驮着紫蓝色的梦伸向远方

从不问远方有多远

花儿开着便是芬芳

夜让我读懂你的白天

当我是你的光源
周遭悄然隐退
你主宰了我的心灵
黑暗不是沉睡
夜让我读懂你的白天
摇曳岂止是风的追随
一切响声触及遥远的寂寥
苍白是被迫的装饰
此刻如此美妙
夜色陶醉

夜深灵感

夜
怀想着天地
光明是对黑暗的疑虑
那一道亮光
让战争无处不在
赢的终结不是占有
也没有失去
自然不是想象的因果
混沌并非无知
触及的亮光总在诱惑
时间不会是最好的帮凶
太阳在宇宙的旮旯呓语
强大不是自信之母
出发是遥远的开始
邂逅不留痕迹
寂静是黑暗最和谐的阐述
昼夜只是局部的光影
不代表真谛
夜
不会思念一切
把梦留给晨曦

一道奇妙的风景

母亲将你带到这世界
那是一道奇妙的风景
天没高低头有高低
那双眼睛更不能长在头顶
否则错生了脊梁
一切为零
母亲将你带到这世界
那是一道奇妙的风景
脚不分长短路有长短
山高水长难免受伤
砥砺前行无所惧
否则没了前程
一切归零

一根藤的魅力

一根藤

有了大地

就有了动人的旋律

有了天空

就有了最美的舞姿

没有羡慕

更没有妒忌

不知道什么叫孤寂

也不向往华丽

一门心思

为大地和天空展示自己

风雨过后挂起晶莹的露珠

迎接阳光和彩虹

她知道那是生命的最美

如果等不到那光辉的一刻

悄然渗入脚下的土地

不需要被记起

无怨无悔才有意义

这就是一根藤的魅力

一颗童心伴一生

回头读历史

向前看世界

人生就是一串长长的日子

有阳光有风雨

耕田地

播种子

收获粮食

大树成荫

为那一串串长长的日子

忘我生活

一颗童心伴一生

好奇到永远

读书一辈子

耕无忧

种无虑

简单为人事

其乐无穷

天真多欢喜

一路花开到我家

你为何独步天涯

外面的世界不是不精彩

只是你有太多的牵挂

天边确实有彩霞

你何曾摘过一朵

美梦就在身边　快乐并不复杂

谁看到你跋山涉水两肩霜花

回头的路比远方更近

我不想记得太多

秋冬春夏　我心里总有种子发芽

别走得太远啦

回来的时候你我都满头白发

还唱着路就在脚下

还记得脚前身后的泥巴

其实呀　一路花开到我家

游子没有天涯　游子只有家

意境

生活还不是那样
只有灵魂的高峰
穿过云霄
峥嵘
眺望
生活还不是那样
只有灵魂的海洋
深藏不露
荡漾
憧憬
生活还不是那样
只有经历过才能懂得
若无其事走过的风景
珍藏着一条通向天涯的河流
峥嵘
眺望
荡漾
憧憬
只要懂得
定会珍藏

拥有

回归童年，
打量着这个新奇的世界，
怎会有鲜花盛开，
蜜蜂成为花痴，
大海和溪流从来没有失去联系，
地球妙不可言地，
白天拥有太阳，
晚上拥有星星月亮，
仰望星空我已收获价值，
俯瞰大地我已感到满足，
阳光下顾影自怜怜出恶疾，
风雨中怨天尤人人亦怨你，
别人的所得自有他的方式，
我有我的方式拥有，
别人的命运不是我的归宿，
别人的物质不是你的品质，
你的创造都为我拥有，
就像你写诗我读诗，
就像你的风景我摄影，
拥有各自的方式和意义，
活着何必处处失意，
拥有，总有我的方式。

有一个空间

灵魂的家园
一块播种未来的处女地
总有神奇美丽生长
人活得也很幽默美妙
皱纹从来不注释生命的长度
相反越发青葱嫩绿
岂止是色彩斑斓
谁不想用飞翔炫耀翅膀
天空不只是给你自由
所以有阳光就有风雨
在这样的王国
你的本能驮载着灵魂翱翔
一会仰视一切
一会俯视一切
快乐在这个空间交换着过去与未来

又是无题

白天读太阳

晚上数星星

心在飞翔

竟把岁月晾在一旁

忘却许多故事

总想起一个故事

儿时儿戏

还是那样不知所为

白天读太阳

晚上数星星

又是中秋见月圆

微凉

安详

星光簇拥着月光

思绪飞扬

是童年那寻找华光师傅的灯笼

抑或天狗噬月洒下的满地迷茫

太多的过往

全都托付给天上

无意举目还是那般

心头一热

听得见血液哗哗流淌

天籁弄情

又是中秋见月圆

昔日今时

不必感叹鬓灰发银

灯笼易手

沐浴清辉

皓月还是当年模样

游弋沧桑

人明白
此刻天涯谁惦念
我与古月无思量
当知明年今夜
把盏仰望
多情相邀
醉狂不因酒量

原来

忽然间
看到生命的精彩
树孤独
为撑起一片蓝天
竹抱团
狂风骤雨不倒下
这世界
你是你
我是我
意义明确

远方

远方并不远

翻过宇宙那边

就是身边

寻觅无须随梦巡天

在自己的家园

拿捏每一天

日子破碎不影响岁月连篇

折叠每一天

梦境冰冷也藏不住熊熊烈焰

没有魔方拉近远方

折腾好阳光和月光

何必四处寄存身影

脚下就是天涯

动人处

同样是桃花源里可耕田

远方不远在身旁

走过山　涉过水

总有梦想在远方

山高一重又一重

水往天涯　渺渺茫茫

山长水远多期望

远方在何处　遥望山冈

走过岁月　领悟人生

抬望眼　山水那边露霞光

脚印一行又一行

人在旅途怎能彷彷徨徨

柳暗花明过他乡

远方不远在身旁

随记：远方不远在身旁，即人生在于态度，到处都有美景，凡事都能成就，理想的大厦在身边建造。别眼高手低，好高骛远当难有所作为。

远方在哪

从前的远方

很远很远

向往让我睡不着

那是让人思恋的梦乡

那里不但有歌声

鸟语花香

还有快乐的家园

等到了远方

不再贫穷不再苦累

心没有理由不舒畅

如今从远方回来

两袖清风

还有读来读去的那摞书

轻风帮忙乱翻几页

还是田埂踏青

看水流禾黄

白鹤飞翔

最难得星夜安静

石凳呆坐

无限畅想

半睡半梦

又见远方还是远方

从前的远方回归原地

不再留恋

如今的远方真的很远

宇宙深处

那里会否日清月朗

温暖明亮

水静山岚是否还叫美景

又一次征途路在脚下

始终的路上

谁还敢吊儿郎当

远方的确很远

出发又见朝阳

云不下雨的时候

云不下雨的时候
亮出了天空的辽阔与高远
蔚蓝把我的心情染透
阳光在碧绿的原野舞蹈
平静的河面上　微风翻开了云彩的书页
水里的鱼儿痴迷地欣赏着她纯洁的美貌
我溜达在花开的河岸
柔美的云儿在我眼前飘过
鱼儿蹦跳得老高
那吃醋的劲儿让我会心一笑
云不下雨的时候
我触摸了天的崇高
也分享了水中的意趣

云对我说

如果没有天空
一切都是虚幻
因为梦没有家
如果真要升华
那就应该放下
放下不是梦的消逝
那是对升华最深情的眷恋
大地的慷慨是让美梦发芽
要是长成大树
风会带走你相思的花
天空让每一道彩虹披上云霞
因为大地最渴望雨滴的放下
感恩不是馈赠
静静地滋润
无须满山壑的哗哗啦啦
如果你已经放下
才有机会升华
这就是当下

自由

终于来到了这个时代
人可以漫步太空
没有脚印
只有漂浮
茫茫星空宛若有你的身影
那是自由的飞翔
向往是无止境的
该知道你所在的位置
必然是宇宙的深处
那深处的自由不属于想象
属于牵引
始终是从哪里来
又回到哪里去
就像鸟儿飞多远
傍晚的时候总要归巢
那窝蛋还在等候

杂念

不弯的腰
背负着行囊
明知终点不是目标
一路仰望
山重水复
折不断的目光
燃着心的蛮荒
那缕炊烟
悠长悠长

早晨，我的太阳

推开门窗

早晨　太阳笑脸相迎

原野清新

树林里风儿刚卷起叶笛

草尖上阳光正如梦如幻地跳舞

山野间流光溢彩

看得见的一切都在长精神

世界正向我走来

美好的时光开始获得

舒心的烘托馈赠着温暖

心田里好一派青葱茂盛

我的早晨　我的太阳

看得见的美属于我

看不见的是我那颗醒来的心正走进世界

不要迟到

时光最懂铭记

我的早晨　我的太阳

真美

站在田野才知道农民的伟大

躲在城市灯红酒绿的角落

品尝着时尚和经典

红酒或咖啡在杯中泛着光泽

人们的脸上写着各种故事

内心贴满城市的广告

身影不关日月事

我站在云端上眺望远方

并没有看清远方的更多

我看远方是浩渺的

我看脚下一切都成了蚂蚁

蚂蚁让我畏高

鸡皮疙瘩

所有美好的期待都隐藏着难以解释的无奈

有一天回归田园原野

眼前再不是吞吐日月供人举手摘星辰的高楼

白云却成了高山裤腰下的围裙

此刻我看见的不是车水马龙

触及的是绿野仙踪和金黄一派

稻香和花香扑鼻而来

劳作的身影舞动着

虽然没有音乐引导

却如此清晰亮丽

忽然我顿悟着这一道风景

它们离不开土地到云端上闲逛

我同样也离不开土地去寻找云端的故事

站在田野上才知道农民的伟大

虽然土地有时荒芜有时冰冷

但谁也阻挡不了春风和芳香

当太阳刚出山坳的时候

我看不到自己身影的尽头

其实我知道我只有一米七的个头

躲在城市的角落是很容易的

走进田野

扁担在肩头一横

不由自主地就会脚软发抖

这与酒和舞蹈无关

这个春天

这个春天你若懂

将不同凡响

曾经的季节来来往往

寒暑易节却不熟悉

春耕夏耘秋收冬藏

冷暖无意

风雨轻狂

转瞬间天地光亮

芽儿蓬勃

这个春天你应懂

迎来不同凡响

季节从来一样

寒暑不避人心

天地间相知自然

一点一滴最能滋养辉煌

心有芳香

万千气象

这个春天你定懂

真的不同凡响

这样的日子怎么过

满天的阳光任意挥霍

没有谁跟你计较

沉醉于山光水色

才知道活着的美好

春夏秋冬让你自然拥有

满足了

不必因功名利禄添上一根压垮自己的稻草

敞开胸怀

把阳光拉进家园一同玩耍嬉闹

温馨安乐　情趣盎然

夜晚的风景不是每个经历夜晚的人都能感受

打开窗户

月光和萤火虫竟然已将白天的一切重新涂鸦

蛙声　虫鸣　犬吠　流水声

交响无限重奏

原来天籁正为你的灵魂摆渡

山长水远

何苦心比天高

脚踏实地写诗度日

生命的田地种瓜得瓜种豆得豆

这样的日子你还想怎么过

珍惜着过

若只为金钱而忙碌

物欲它带给你意想不到的烦愁

日月流转去无踪影　管不了你的身世命运

静下心来数数自己的日子

生活中的幸福藏在属于你的每一秒

把每一秒掰开两份过

一半属于阳光一半属于月光

珍惜

举起杯

月圆月缺

心头事

都在酒樽里

喝一杯

是往昔

喝一杯

是明日

活着自有一腔情怀

记得来的路

向前路上多惦记

别等父母走了才想起

记得昨天的故事

多忙也要把家史回忆

别等自己老了才明白父母的不容易

举起杯

月圆月缺

心头事

都在酒樽里

喝一杯
是父母的泪滴
喝一杯
是妻儿的身影
生命里有太多的酝酿
家的美满幸福
靠的是自己每一天的努力
不要太多杂念
不要太多顾虑
一个头颅
一双肩膀
长出来都是为了家的天空
没什么可犹豫的
若能珍惜
一切甜美

纸的那边

这本书

那么大

那么厚

忽然又那么小那么薄

读懂了

世界简单

懒得翻

它以不变看万变

读罢这一面

还有那一面

纸的那一边

是大海

是高山

是阳光灿烂

是风雨漫漫

指尖轻弹

不见得一马平川

转瞬间

贫瘠之地

凤凰翩翩
纸的那一边
是什么
它会想你的什么
翻过去
每一天
翻过来
每一年
每一天每一年
纸的那一边总是风光无限

致岁月

日子像树叶一样

一片片长出

一片片嫩绿

一片片金黄

还没来得及感觉沧桑

人家说我们老了

其实日子还是像树叶一样

无论阳光风雨　时有彩虹

落叶飘扬

拍手称快的还是那点稚嫩与翠绿

最值得保留在心上

留恋岁月如歌

还是当初的萌芽让人经久不忘

因为岁月呵护她不断生长

直至下一轮回的畅想

同样日子还是像树叶一样

由稚嫩变成金黄

中秋故事

一个爱圆的人
从远方走来又走向远方
用相思的故事将夜空点燃
从此天上人间发亮的是那一轮愿望
明晃晃洒满天洒满地
日月经天不问旅途冷暖
最是人情不改人心多念想
寻觅天涯总回头
不用问路是故乡

种子和金子

琢磨自己一辈子
生命如果是金子那是多么值钱
生命如果是种子　所有的希望将被埋在土里
若有一天　我需要在这两者中选择重生
我将毫不犹豫地成为种子
金子可以发光　甚是奢华　让你头颅高昂
种子一生活在泥水里
一茬一茬地被埋没
春夏秋冬编排着命运的故事
一坛子一坛子的甜酸苦辣
总要被剥皮削骨　经历风雨历练
才能发芽长出自己的日子
但我还是选择成为种子
明摆着
凡是种子都不能控制自己的命运
那一片新绿不知何时被牛吃了
那满树的果实　虫儿鸟儿都不会放过
在洪水和狂风的肆虐中
你没有一点抵抗的力
你有的是一个信念
始终拥有土地
还有土地上的阳光雨露

竹林听韵

小河弯弯
波光如莲
渔夫划船
桨声偕笑入竹林
忘却水花四溅
鱼儿深潜
再无水底天
也罢 也罢
难得上岸寻新鲜
竹影如鳞
清风成韵
如此情景最是吃惊
逼迫 逼迫
平仄韵味
其实自然
扶竹吟哦风里眠
忽然河水歌和
哗啦 哗啦
游鱼出听
从此忘却正事
河边竹林酣梦成神仙

追求

如果睁开眼睛

看到了前方的高山

想不到旗帜已经被风撕碎

虽然不曾胆怯

目标不再理会所剩的盘缠

觉得明天太远太远

回到朝阳初升的地方

明白影子为何那样安然

傍晚夕阳沉入西山

凉风拂去了疲惫

满天星斗才露脸

幸运的是成功地接近了自己

赤子原来是一个世界

豁然开朗

自有溪流便有鱼

天高星辰多

哪一颗不是亮晶晶

大海阔又深

为何舀一瓢

子夜追问到天明

晨光浮熹微

踏歌河岸有嘤鸣

水弄琴弦阳光知

荡漾见清明

自然自在

心付流水即觉悟

自有溪流便有鱼

作为何须天地惊

梦大反而成幻灭

无意一掬春江水

从容淡定

最奢华的还是那片山野土地

没有霓虹灯的夜晚
依然有梦
没有车水马龙
却有流水淙淙
金碧辉煌的大厦
始终不及脚下的高峰
你在云的身边做梦
不愿醒来的依恋
最奢华的还是那片山野土地
生长着你的前世今生
慰藉你的榕荫
思念你的彩虹
钟情于山野的那片土地
还是那丝丝清风
让人心中不再贫穷

做一回童话主角

乾坤
不关城府深浅
望星空
顿觉心水清明
总是深谋远虑
琢磨日月冷暖
谁知苦乐全无轻重
即使鸿毛靓羽
鹏志天高也只赶一程
何必死活定要英雄好汉气壮山河
顽童儿戏
哭笑无常　不关风月
放马南山
孩童逐鹿
无忌天高地厚
做一回童话主角
白马王子
白雪公主
不再追问人生苍茫
数着满天繁星
入了梦境
童真永恒